長編超伝奇《スーパー》小説

菊《きく》地《ち》秀《ひで》行《ゆき》

魔《ま》海《かい》船《せん》1

若《わか》きハヤトの旅《たび》

NON NOVEL

祥伝社

CONTENTS

カバー&本文イラスト／末弥　純
装幀／かとう　みつひこ

第一章　祭りに来た男

1

その晩は特別な出来事がふたつあった。村の祭りとバルジの来村である。

三〇デ（一デ＝一日）も前から建造中だった櫓《やぐら》が、目標の七五キュビト（一キュビト＝約五〇センチ）を達成したのは今朝早くで、昼までにはドラムやトランペットの搬入《はんにゅう》も終わり、演奏者がぴいひゃらドンドン予行練習に励《はげ》んでいた。

それも太陽が水平線を真紅《しんく》に染《そ》め上げる頃には熄《や》んで、本番に備《そな》えた待機の時が来る。

岬や堤防のあちこちに設《もう》けられた監視台の〝目利《めき》き〟たちは、気の休まる一瞬もなく暗い海に眼を凝《こ》らし、警備団の筏《いかだ》が、堤防と網《あみ》のチェックを怠《おこた》らない。二ヤー（一ヤー＝一年）前、それまで鉄壁と思われていた網がいつの間にか破られ、五〇人近い村人が持っていかれて以来、網糸の太さは倍になり、〈町〉の工場から仕入れて来た針金も編《あ》み込まれるようになった。

祭りの日は特に危ない、と昔から言われている。打ち上げられる花火の色や楽器の音が海の底まで届くからだ。海底の連中は、泳ぐのと食うこと以外は暇《ひま》を持て余しているから、地上での祭りに感《かん》づくと、すぐに参加しようとやって来る。それが自分流なものだから、トラブルが絶《た》えない。海の底といっても深いところは暗くて冷たくて、人の眼が届いたことはない。そんな場所から、黒く重い水を押しのけて、ゆっくりと、少しずつ上がってくるのだから、我《わ》が儘《まま》なのは仕方がない、と老人たちは言う。こっちが用心していりゃあ危ないことは何もない。出て来たら、魚の一〇〇匹も放りこんでやりゃ、すぐに大人しく帰《けえ》るさ。それでも駄目《だめ》なら奥の手がある。

本格的に暗くなると、波の音が大きく聞こえる。家族の誰かを海で失《な》くした者たちは耳を塞《ふさ》がなければならない。戻って来た家族が呼ぶからだ。

「聞こえるか？」

その時刻になると、父はハヤトにこう尋《たず》ねたものだ。

「何も」

幼いときは父の膝《ひざ》の上で、成長してからは、夕食後の長椅子《いす》の上で、ハヤトはこう答えた。そうするしかなかった。

父の反応は、いつも、

「そうか」

だった。ハヤトが五歳になったある晩、同じ質問をして同じ答えが返ってくると、

「おれはラヤの声が聞こえたような気がしていたが、勘違《かんちが》いだったかも知れんなあ」

と言った。生まれて二デで逝《い》ったハヤトの姉の名前だった。いつもよりしみじみとした口調で、ハヤトは何か悪いことをしたような気分になった。

「タイカやヤクんとこの爺《じい》さんも、他の連中もこうなのかも知れん。けど、ハヤト――みんなには黙っていようや」

ハヤトの胸の中に重い風が吹きつけて来た。長いあいだ、抑《おさ》えつけていた風だとわかっていた。今夜は止められなかった。

「どうしてさ？」

怒るように訊《き》いた。

「おれは一度だって、親父みたいに姉さんの声を聞いたことなんかないぜ。あれはただの波の音だ。少しは違いがあるけれど、それは海の荒れ具合が決めてるんだ。どう聞いたって、人間《ひと》の声なんかじゃないぜ。みんな間違ってる。昔からの言い伝えに騙《だま》されているんだ」

「こら、やめろ」

父は少し慌《あわ》て、少し怒ったように止めた。

「みんなには、ちゃんと失《な》くなった家族の声に聞こえるんだ。タイカにゃあ二十歳《はたち》んとき持ってかれた恋女房の――ええい、名前を忘れちまった。三〇ヤ

ーも前の話だからな。その女房が呼んでるように。ヤクの爺さんにゃ、自分の不注意で溺《おぼ》れさせちまった一〇歳の倅《せがれ》の声にな。それは必ずしも悪いことじゃない」

「ただの波の声を、死んじまった家族の声だと思ってメソメソするのが悪いこっちゃない？　しっかりしてくれよ。そんな女々《めめ》しいこと言ってると、次の警備団長選で落っこちちまうぞ。アゾブの村じゃ、一ヤーに五、六人、聞き違えて海にとび込んでるって話じゃねえか。みんな、もっとしっかり物を見たり聞いたりしなくちゃ駄目だって。どんなにごまかしたって嘘《うそ》は嘘、本物は本物なんだから」

まくしたてる幼い息子に、父は寂《さび》しげな笑《え》みを見せた。このとき三〇にもなっていなかったはずだが、ハヤトの眼には、ずっと老《ふ》けこんでいるように見えた。海辺の男たちはみなそうだが。

「おまえは少し変わってる」

と父は言った。ハヤトは叫び出したいくらい腹が立った。今まで何百回聞いて来た言葉だ？　これから何万回聞かされなきゃならない？

「お祖父さんも父さんもそう思ってる。大きくなったら、あちこちに喧嘩《けんか》相手が出来るぞ」

「負けるもんか」

ハヤトは拳《こぶし》をふり上げた。

それを見上げた。いつの間にかふり上げていた。苦笑を浮かべた。

「相変わらず威勢がいいな」

苦々《にがにが》しげな声が聞こえた。

ハヤトは軽く頭をふって、台《カウンター》の向こうを眺めた。

アギト村でただ一軒の旅籠《はたご》にはフロントの横に呑み屋が併設《へいせつ》され、フロント係とバーテンと用心棒をひとりが兼任する。ハヤトのことだ。

顔を見るまでもなく、声の主はわかっていた。ヤナイである。ハヤトが入るまでは、青年団の頭役《かしら》だった。何かの予感があったらしく、初日に突っかかって来て難なくぶちのめされ、以来、ハヤトを見るたびに陰火《いんか》のような眼差《まなざ》しを送ってくる。今日まで何度か仲間とつるんで嫌《いや》がらせと喧嘩を売り、そのたびに完膚《かんぷ》なきまでにダウンさせられたが、まだ懲《こ》りないらしい。

もっとも、ハヤトのほうも、

――関節を外《はず》したくらいじゃ駄目か。闇討《やみう》ちしてへし折ってやるか

と企《たくら》んでいるから、どっちも危ない。板を蔦《つた》のロープで結んだテーブルを摑《つか》んでいるのは、ヤナイの他は三人。眼つきからして仲間だろうが、見たことのない顔だ。チギリ村かミガラ村から呼び集めた破落戸《ごろつき》の類《たぐい》だろう。それとも――〈町〉まで招待状を送ったか。あそこには、乱暴して金を稼《かせ》ぐ連中がいると聞いている。あちこちから人が流れこんでくる祭りの夜は、闇討ちに絶好の機会だろう。呑み屋なら他に二軒ある。わざわざ顔を出したのは、嫌がらせと威嚇《いかく》に違いない。

「今夜は面白《おもしれ》えことが起こりそうだな、え、貧乏人の小倅よ」

ヤナイは毒々しい嘲罵《ちょうば》を放った。

「せえぜえ、巻き込まれねえように気をつけな、貧乏人の――」

と息をついたところへ、ハヤトは一気にまくしたてた。

「余計なお世話だ、乞食《こじき》から身を起こした村長《むらおさ》の腰《こし》抜《ぬ》け息子が、利《き》いた風な口きくんじゃねえよ。てめえの淫乱《いんらん》お袋が、お魚と交わって出来た糞《くそ》みてえな餓鬼《がき》だから、仕方がねえけどな」

「な、なにィ？」

ヤナイは血相を変えた。他人をキレさせる奴は自分のほうがずっとキレやすい。

ついでだと、ハヤトはまくしたてた。

「おめえ、人がいないところじゃ、すぐ裸になって、身体中の鱗《うろこ》を剝《は》がしてるんだってな。見た奴の話じゃ、あれ気持ちいいらしいな。一枚一枚剝が

すたびに背中の鰭《ひれ》がぴくぴく動いて、おめえ、あはんあはんとよがってるそうじゃねえか。それともそのたびにイッてるのか？　だから、おれと同い歳のくせに、てめえの親父みてえな鄙《ひな》びた顔してやがるんだろ」

「親父がどうした⁉」

ヤナイが立ち上がった。

「まあ、待て」

とヤナイの右側にかけた男が、ハヤトを見つめたまま止めた。

「せっかく祭りの莫迦《ばか》騒ぎに加わるつもりで来たんだ。とりあえず一杯貰《もら》おう」

「そうしよう」

「そうしよう」

と二人が和《わ》した。声も口調もそれぞれ違うのに、同一人物が放っているように聞こえた。さっきから様子を窺《うかが》っていた七、八人の客が、決めたとばかりに立ち上がり、

「勘定《かんじょう》は置いたぜ」

「釣りは後でな」

近い将来、修羅場《しゅらば》間違いなしの店を出て行った。

「やれやれ」

ハヤトは頭を掻《か》いた。村の若者には珍しい長髪が揺れた。露骨《ろこつ》な敵意を隠さず四人を睨《にら》んで、

「おまえらのおかげで、せっかくのまともな客が出てっちまった。帰れ帰れ。疫病神《やくびょうがみ》に売る酒はねえよ」

ヤナイの左側にいる男が、小さく、この野郎と呻《うめ》くと立ち上がった。もうひとりも、同じ内容を洩《も》らして後につづく。

「まずいことを言っちまったな、若いの。まだ分別のつく年齢《とし》じゃねえが、そういうものは早いとこつけとかなくちゃな」

こう言ったのは、ヤナイを止めた男である。右の口元に大きな黒子《ほくろ》が目立つ。

荒くれ漁師でも震《ふる》え上がりそうな声と口調であっ

たが、ハヤトは嘲笑《ちょうしょう》した。

「勿体《もったい》なんざつけねえで、最初《はな》からそう言やいいんだ。時間を無駄《むだ》にするんじゃねえよ」

「成程《なるほど》、威勢のいいこった」

黒子の男も立ち上がった。

波の音が高く聞こえた。それに混じって、

「ほお、花火か」

黒子の男が顔を上向けた。開け放しの戸口を埋《うず》めた闇が、仄《ほの》かなかがやきを広げて閉じた。

「そう言や、この村の名物だったな。ひと晩で一〇〇〇発――このご時世によく捻出《ねんしゅつ》したもんだ」

不思議な表情が、真四角に近い顔をかすめた。

「おれはなあ、兄さん、こう見えても感傷的な人間なんだよ。花火の音を聞いただけで、あのどおんと広がる光が頭ん中に浮かんでしみじみとしちまうんだ。あれだけ綺麗《きれい》な光がおれたちの胸を焦《こ》がすのは、一瞬だ。まばたきひとつした後は、もう暗い空が待ってるだけだ。そりゃ次の九九九発が待ってる。だが、最初の一発で花火の運命を知った男には、はかないばかりだ。なあ、兄さん、花火のかがやきってのは、人間《ひと》に似てると思わねえか？」

ハヤトは沈黙していた。男はふと彼に眼を戻して、

「おめえならわかると思ったが、まあいい。仕事とは無縁のこった」

と言った。

おかしな賛意を示したのは、ヤナイだった。

「そうともよ。なに甘っちょろいごたく並べたててるんだ。こいつのほうから喧嘩を売って来たんだぜ。早いとこ、ぶちのめしてくれや。手足をまとめてへし折ったって構やしねえ。後は親父が始末してくれらあ」

「ひょっとして、おれたちの金も親父さんが出したのか？」

と黒子の男が訊いた。

「――それは――誰だっていいじゃねえか。金は金

だ。早いとこやってくれ」

「もっともだ」

黒子の男は、うなずいてからハヤトに、

「正体不明の男に痛めつけられてそれっきりというのも腹が立つだろう。おれは〝三人〟シナイの長兄だ。名前はシナイ」

「ハヤトだよ」

浅黒い精悍《せいかん》な顔が白い歯を見せた。ランプの光を受けて、それは宝石のようにかがやいた。

「何処《どこ》でやる？」

シナイが訊いた。

「ここさ」

ハヤトはカウンターを出た。

「店の中でいいのか？」

「おれは用心棒も兼ねてる。多少のことは許される身分だ」

「無茶な男だな」

シナイは驚きを隠さなかった。急に闇が濃《こ》くなった店内で、四人とひとりは、テーブルをはさんで対峙《たいじ》した。

花火の音が、シナイの感慨《かんがい》とは裏腹に、けしかけるように鳴った。

2

真っ先にヤナイが戸口の方へと跳《と》んだ。最初から闘うつもりなどないのだ。全ては他人《ひと》まかせだった。

ハヤトはテーブルに左手をかけて、部屋の隅《すみ》へと押した。

わずかな抵抗を手に残したテーブルは、何度もひっくり返り、壁にぶつかると荒縄が外れて、ばらばらになった。また組み立てればいいし、壊しても大してかからない。

「野郎！」

大声を張り上げたのは、これもヤナイだった。右手は腰の短剣にかかっている。

「派手な喧嘩が好きらしいな」

シナイが笑みを深くした。暴力のプロとは思えない人懐《ひとなつ》っこい笑みであった。

「近頃は威勢のいい若いのが少なくなったと思ったが。嬉《うれ》しいぜ」

笑みを崩《くず》さず、彼はハヤトへ顎《あご》をしゃくってみせた。

二人の仲間が前へ出た。右手は短剣にかかっている。

違和感をハヤトは感じていた。

綿の上衣《うわぎ》と短パン、首と手首に巻いた石の魔除《まよ》け、木のサンダル、薬や修理道具を収めた獣皮製の袋——人混みに投じればたちまち見分けがつかなくなる。要するに普通人だ。

にもかかわらず、何処かがおかしい。

他の村や〈町〉、山岳地帯や湖沼地方に伝わる伝説や逸話を閃《ひらめ》かせてみたが、どれにも当て嵌《は》まらなかった。イラつきをヤナイに向けた。

「おい。尻《ケツ》の穴の小さな雇い主——断わっとくが、おれは物ごころがついてからイラつきっ放しだ。最近じゃ喧嘩相手にも事欠いて、なおさらムシャクシャする一方だ。少し手荒い喧嘩になるぞ。てめえも安全地帯にいられると思うなよ。親父に丸く収めてもらう文句を、よおく考えとけ」

「う、うるせえ」

ヤナイは身を震わせた。暗い未来への恐怖をふり払うべく絶叫を放った。

「やれ、やっちまえ！」

シナイが鋭くうなずいた。

二人の仲間が動いた。思いがけぬ滑《なめ》らかな足取りで、ハヤトの左右に廻る。

ハヤトは合わせなかった。室内戦は何百回と経験済みである。彼がしたのは、右手の袖口《そでぐち》から垂《た》れていた〝武器〟の先を握《にぎ》っただけであった。

眼の隅にナイフのきらめきを収めた。鉄だ。海辺の村々ではまだ石英《せきえい》か黒曜石《こくようせき》が多い。〈町〉で仕入れたものだろう。鞘《さや》も鉄製だ。

右方に廻った小柄なほうが、いきなり予想外の行動に出た。

ナイフを持ち替えるや、刃を掌《てのひら》に乗せて、投げつけたのである。

短い呻きと——感嘆《かんたん》の声が上がった。

切先を右肩に食いこませたハヤトの口と、その柄《え》を左手で握り止め、そこで食い止めた手練《しゅれん》を眼《ま》のあたりにしたシナイの口が洩らしたのである。短剣は刃のつけ根までハヤトの肉にめりこみ、骨をも砕《くだ》くはずであった。

「この力——動く死骸《ウデト》か」

ハヤトの左手が走った。刺《さ》さったナイフを投げ返したのである。小柄な男は身を躱《かわ》そうとしたが、神速ともいうべきナイフは、正確にその眉間《みけん》を貫《つらぬ》いた。

眉間から柄を生やしたまま、男はにんまりと笑った。

ハヤトは眼をしばたたいた。

「おれの知ってるウデトは、みな腐《くさ》りかけてた。普通の人間と同じなのは初めて見る」

それが違和感の正体であった。

人間の枠から脱け出したウデトは、人間離れした怪力が売りものだ。一説には一〇倍というが、具体的な行使を目撃した者がいるとは、ハヤトも聞いたことがない。伝説の魔性のひとつだ。

「ウデトを斃《たお》す方法はふたつ——ひとつは操師を片づける」

傷口を押さえた手指の間から鮮血を滲《にじ》ませながら、じろりとシナイをねめつけ、

「二つ目は」

その右手が動くのを見た者はいない。

空を切る閃きを意識するより早く、打つとも切るともつかぬ異音が鳴り渡り、ウデトの首が高々と宙に舞った。

血が出た。黒い血が。動く死骸の器官は、やはり人以外の機能を備えるのか、血は凄《すさ》まじい土砂降りのごとく噴《ふ》き出し、天井にぶつかって――止まった。降り注ぐ黒い霧の下で、首無し男はすでに終えたハヤトの攻撃から身を躱し、それからどっと崩れ落ちた。

「どうやった？」

シナイが前へ出て訊いた。驚愕《きょうがく》が顔を歪《ゆが》めている。結果は見たが、原因は何も見えなかったのだ。

「首を断つ」

ハヤトは右手を軽くふった。それこそが、ウデトを斃す最後の方法だったのだ。だが――どうやって？

「こいつはもう一遍《いっぺん》見せてもらわなきゃならねえな。おい、起きろ」

倒れた首無しに、彼は起きろと命じた。それから口の中で何やら唱《とな》えはじめた。

「ひえ」

またもヤナイが息を呑《の》んだのは、数瞬後であった。

黒血の最後の一滴までも噴出して打ち伏《ふ》した死骸が、ゆっくりと、ぎごちなく、死から身を起こしはじめたではないか。

息を二つする間に、小柄な死者は立ち上がり、それから手探りで左斜め前へ歩き出した。理由はすぐにわかった。サンダルの先に自《みずか》らの生首が触《ふ》れた。彼は身を屈《かが》めてこれを拾い上げ、切り口に密着させた。

ヤナイは恐怖の眼を剝《む》き、ハヤトは好奇の眼を細めた。

小柄な死体がこちらを向いてにんまり――少しずれた首で笑うや、ヤナイは絶叫とともに戸口から走り出そうとした。

ひどく硬いものがその身を撥《は》ね返し、ヤナイは戸口に積んであった荒縄とテーブルの部品をひっくり返しつつ転倒した。

「何処かで見た顔だな」

と戸口に立つ長身の影はハヤトを見つめた。

ハヤトにひけを取らぬ長身ながら、なめした獣皮のケープをまとった姿はハンマーで鍛《きた》え抜かれた鋼《はがね》を思わせた。

「あんた――バルジさんか？」

ハヤトの両眼がかがやいた。

「おれだよ、ハヤトだ。五ヤー前に家に泊まったろ？」

男の片眼が若者を映《うつ》し、脳の何処かに送った。

懐《なつ》かしげに笑えと指令が来たらしい。

「おお、あのときの坊主《ぼうず》か――大きくなったなあ」

驚きの響きをあたたかいものが支えていた。

「世話になった――ご両親は元気か？　いい方たちだった」

「元気じゃないが、生きてるよ」

「それは良かった。一度顔を見たいものだが――昔話は後に廻したほうが良さそうだな」

「いいや、続けてくれ」

シナイが肩をすくめた。

「邪魔が入った以上、そいつも――というほど金は貰ってねえ。それにとりあえず勝負はついた。大した兄さんだ。次はもう少し値上げしてもらってから会おうや」

よろよろ起き上がったヤナイへ、

「戦略的撤退と行くぞ。お先に」

二人の、いや、二体のウデトに顎をしゃくると、さっさと出て行ってしまった。二体も後を追った。生者と少しも変わらぬ動きであった。

「金だけ取って、何処へ行くんだ？　待てよ、おい、待てよ」

ヤナイも彼らとハヤトを交互に睨みつけながら、戸口を走り出た。

「一応、決着《けり》はついたらしいな」

脱出者たちの戸口を見送って、バルジは店内へ入って来た。

「お泊まりですか?」

ハヤトは事情を説明せず、バルジも訊こうとしなかった。

「そうだ。いつ出て行くかはわからん」

「宿帳にご記入願います」

「いいとも。だが、その前に一杯飲《や》ろう」

ハヤトは店内を見廻し、少し責任を感じているような声で、

「ここでいいですか?」

「酒さえあればな」

「好きなとこにかけて下さい」

バルジが無事なテーブルの前にかけるのを見届けてから、ハヤトはカウンターの向こうに入って、壁の穴に入れた酒樽《さかだる》から、粘土《ねんど》を灼《や》いた碗《わん》に葡萄《ぶどう》酒を流しこんだ。

「替えろ」

とバルジが言った。

「え?」

「みなさま用の酒に金は払えん。シメノン酒なんぞにはな」

いい鼻をしてる、とハヤトは感心した。さすがバルジだ。五ヤー前の印象は、今もハヤトの記憶に鮮明に灼きついていた。

「あれは禁制品です。飲んだ奴がみんなおかしくなって剣や斧《おの》で暴れる。店にはありません」

「匂いがするぞ」

「別の酒ですよ」

ハヤトは笑いがこみ上げるのを必死にこらえて、硬い声を出した。バルジは黙って見つめている。もう駄目だった。

「地下に隠してあるんです。リラノート・ワイン」

シメノン酒の一〇倍は強い酒である。暴れるどころか、ひと口飲った瞬間、変身する奴もいるという。これも伝説だった。別の効果ならハヤトも目撃している。三度——三人とも即死だった。

みな、碗を握ったまま、垂直にへたりこんだ。痙《けい》

攣《れん》もせず、みるみる土気色になっていく顔と手を、ハヤトは呆然《ぼうぜん》と眺めていた。

禁制品どころか、リラノートの原木も根こそぎ焼き払われ、隠匿者《いんとくしゃ》は発見次第火刑に処された。これは今でも同じだ。旅籠の主人――セルシの親父は大《たい》兵《ひょう》肥満《ひまん》の見てくれに似合わぬ腰抜けである。もっとも、

「貰おう」

「一杯五〇〇〇シュケルです。危《ヤバ》い橋渡ってるもんで」

「いいだろう」

どんな肥満漢酒屋も我れ先に薄氷《はくひょう》を踏むと申し出るに違いない。相場の一〇〇倍だ。

ハヤトは左手に空の碗を下げたまま、カウンターの床板《ゆかいた》の一枚を思いきり踏みつけた。力より角度とタイミングだ。ハヤトが勤め出してから四度あった役人の手入れが不首尾に終わったのは、このせいであった。


一発で決まった。

空気が抜けるような音がして、踏みつけた床板の向かって一枚後方の板の端《はし》が持ち上がった。この店は昔から密造密輸に使われていたという。

右手でそれを押し上げ、ハヤトは大人ひとりがかろうじて通り抜けられるくらいの穴へ、足から身を落とした。

縦横《たてよこ》二〇キュビト、高さ四キュビトの〈酒蔵〉には、焦茶色《こげちゃ》をした革袋が並んでいた。石壁の前に木枠で三段の棚が組み上げられ、そこに収まっている。前方の二段目が新しいのは、三〇デばかり前に腐って落ちたのを修理したからだ。他のはあと二、三ヤーは保《も》ちそうだ。

酒の匂いなどかけらもしない地下室を真っすぐ前方へ進み、突き当たりの棚の三段目右から二つ目の革袋の前に立つと、突き出た口に嵌めこまれた木の栓を用心深くゆるめていった。

すぐに琥珀《こはく》色の液体が噴出するのを碗で受け止

め、縁《ふち》まで埋《う》めたところで栓を戻した。

凄まじいアルコール臭が鼻を衝《つ》き、脳まで痺《しび》れさせた。

早くここを出なければ、ハヤトといえど人事不省《じんじふせい》に陥《おちい》ってしまう。残された時間は五セコ（一セコ＝約一秒）もあるまい。

碗を上の床に置き、穴の縁に両手をかけたところで、光量が歪んだ。

「ほっ」

鋭く脳にひと声かけて、〈酒蔵〉を出た。

3

「お待ち」

バルジの前に勢いよく碗を置くと、彼は琥珀色の表面を見てから、ハヤトへ視線を移して、

「酔っ払いか」

とからかうように言った。

「とんでもない。あれくらいで。さ、一気に空《あ》けて下さい」

「一気に空けるなんて言ってないぞ」

「男だろ、バルジさん。引くな」

「男でも引くときは引くさ。おまえみたいな奴は、生命《いのち》が幾《いく》つあっても足りやしない」

「放っといて下さい。とりあえず代金を」

バルジはケープの内側に左手を入れると、すぐに抜いた。テーブルの上で硬い音と、鋭い光が幾つか弾《はじ》けた。一〇〇〇シュケル銀貨の表面には、粗《あら》い人面の彫刻が施《ほどこ》してある。現在の王だとも何代か前の王だともいわれているが、たまたま人の顔に見えるだけだという説もあってよくわからないままだ。顔でなければ何か――それもわからない。

「四枚しかないぜ」

ハヤトは必死に意識を保とうとしながらクレームをつけた。

「あとはこれだ」

バルジはもう一度手を入れ、小さな銀の小片をテーブルに置いた。

ハヤトはそれを手にとって眺めた。本物かどうか、本物でもどれほどの純度か確かめる必要があった。何度も眼をしばたたいた。突発的に眠気が襲ってくるのである。ほんの少し匂いを嗅《か》いだだけでこれだ。ひと滴《しずく》でも胃に入れたりしたら――

「調べますよ」

精悍な顔がうなずいた。おれを信じられねえのかと凄《すご》む輩《やから》に慣れているせいで、ハヤトにはやや拍子《ひょうし》抜《ぬ》けだった。

〈町〉や大きな村なら、ほとんどが貨幣で売買が可能だが、ここのような辺鄙《へんぴ》な村では、今も現物での取り引きが行なわれる。手間はかかるが仕方がない。

ハヤトはカウンターに戻り、銀片を秤《はかり》の天秤《てんびん》皿に載せた。その傾きに合わせて、反対側の皿に小さな重りを置いていく。

天秤が水平になった時点で、重りの重量と銀片のサイズから、銀の質がわかる。

「間違いない。安心して空けて下さい」

バルジは碗を置いたところだった。空である。

「まさか、もう？」

「強い酒だ。火を点けたら爆発しかねん。地下へ下りるときは火の気《け》に気をつけろ」

「それだけですか？」

「何がだ？」

「酔っ払ったりしないんですか？　倒れてもいいです。すぐ医者を呼びますよ」

「何を期待してるんだ？」

「何も」

「部屋へ行く。何番だ？」

「二〇一、と言いたいけど、みんな空いてる。好きなところを使って下さい」

「祭りだというのに暇だな」

「二ヤー前の祭りのとき、網を抜けて来た

〈海のものたち《シーソ》〉に客がみんな殺《や》られちまった。以後、開店休業状態なんだ」

「海辺には伝説が多いからな」

こう言って、バルジは立ち上がった。

床の笈《おい》も軽々と持ち上げてしまう。これも驚きだった。汗の臭《にお》いの混じった空気が、ハヤトの鼻を刺激した。潮《しお》の臭いではないのが新鮮だった。

「平気なんだ、凄え」

「祭りには出ないのか?」

二歩進んでバルジがふり向いた。

「九時過ぎに代わりが来る。それまではいるよ」

「いろいろと敵が多そうだ。長生きしろよ」

ハヤトの返事を待たず、バルジは背を向けた。何《な》故《ぜ》かハヤトは見送るしかできなかった。

階段を上がっていく足音と板のきしみを聞きながら、彼はバルジが何者かと考えたが、酔いのせいでうまくまとまらなかった。


時刻どおりに交代が来た。同じ村の漁師の次男でトラスという二五歳の大男である。見てくれはハヤトよりずっと用心棒らしく、旅籠の番頭には到底《とうてい》見えない。

ヤナイとのトラブルとバルジのことを伝え、いったん家へ戻るから、お礼参りはそちらへ来いと伝えるように頼んで、ハヤトは旅籠を出た。

村は太鼓《たいこ》やトランペットや笛の音に溢《あふ》れ、あちこちに踊りの輪が出来ていた。

大通りには、遠い地方からやって来た香具師《やし》たちが異郷の産物を台に並べ、篝火《かがりび》の炎に、それらははじめて見る色彩《いろ》と形と機能で、とりわけ女と子供たちの胸を熱くさせた。

広場の脇を通りかかったとき、ハヤトはふと足を止めた。

五〇デも前から突貫工事に励んでいた演奏用の櫓は完成していた。村長が毎ヤー毎《ごと》に特別予算を組んで〈町〉から呼び寄せている楽士たちは、テンポの良い舞踏音楽を夜気に注ぎ込み、篝火と松明《たいまつ》は、粗野な踊りに我を忘れた男女を、夢のように闇から掬《すく》い出しては、また闇に戻していくのだった。

そんな光と影の踊り手たちの中に、ハヤトはひとつの顔を見出《みいだ》していた。

それは、いつもは青いリボンでまとめた黒髪を思いきり垂らして、しなやかな身体が巻き起こす風にゆらせていた。

つつましげな鼻と口に比べて、眼は不釣り合いに大きく、村の若者たちは、その魅力について、二人以上の集まりで必ず話題にするのだった。

名前はアイーシャ。確かそうだった。

短いスカートから優雅《ゆうが》な脚線を解放されたように閃かせつつ、その顔が人の輪の中に消えると、ハヤトは踊りにも音楽にも一片の関心もない風に背を向けて歩き出した。

かなり長い間、音楽が追って来たが、ハヤトの耳に聞こえるのは、海鳴りだけであった。

杉林を抜けてしばらく行くと、ハヤトの家が建つ小集落に出る。

家の明りが見える地点まで来て、ハヤトは道を外れて海岸へ下りた。村でただ一ヶ所の砂浜は、サンダルの底から湿《しめ》った粘り気を足裏に伝えて来た。満潮の時刻である。

黒い波の彼方《かなた》に、長い堤防が海岸線に沿ってどこまでものびていた。月の明るい晩である。

厚《あつ》さ二キュビト、長さ二五〇〇キュビトの石壁は、岬を囲むように海岸から六〇〇キュビトの地点で弓なりに曲がり、その先に設置された三重の鉄入りの網とともに、〈海のものたち〉から、岬近くの集落を守っているのだった。

少なくともここ一〇〇ヤーの間は、この地の網と堤防が破られたことはない。

堤防の両端と真ん中に、一〇〇キュビトずつと二〇〇キュビトの出入口があり、普段は上下開放式の鉄柵《てっさく》で閉ざされ、漁船が出航する時刻にのみ開く。〈海のものたち〉がこの時を狙うのは充分に考えられるため、一〇〇ヤー前の建造時からしばらくの間は、専用の武装船が開閉に同行し、堤防の上にも一〇以上の監視所が設けられていたというが、今は形もない。

「忘れられた教訓か」

とハヤトはつぶやいた。

「一〇〇ヤーの平和——これがずっと続くのか。お目出度《めでた》いことだ。石と網に守られ、何も考えずに船を出して、魚を釣って戻る」

彼は黒い壁を眺めた。憎悪《ぞうお》の表情は闇に溶《と》けて誰にも見えなかった。

「聞こえるのは波の音ばかりだ」

とハヤトは念を押すようにつぶやいた。

「みんなそれはわかっているのに、気にもしない。いや、しない風を装《よそお》ってやがる。だから知ろうとも思わねえのか、この海の向こうに何があるのか」

ハヤトは暗い波に向かって村独特の悪罵《あくば》を放った。不能者の意味とも、邪神の名前とも言われているが判然としない。両方だろうとハヤトは思っていた。

声は波間に消え、追い討ちをかけようとしたとき、右眼の隅に小さな光が点った。

松明の炎だ。近隣の集落には、他に照明器具がない。

小さな炎は、道を下りてくるところだった。周囲とのサイズの比較とぎくしゃくした進み方から、すぐに判断がついた。ハヤトはこちらから炎の方へ歩いた。

「祖母《ばあ》ちゃん——夜ひとりで浜へ出て来るなって。親父にどやされるぞ」

「そしたらどやし返してやるよ」

四キュビトに近いハヤトの鳩尾《みぞおち》くらいまでしかない祖母のジャナは、曲がった腰を叩いて白い歯を見せた。松明が火花を散らした。

確かに父のアギも母のコトレも、この威勢のいい祖母には頭が上がらない。ハヤトが生まれる前、忍びこんで来た三人組の強盗を、天秤棒一本でぶちのめして退散させたというが、日頃の言動からすれば少しも不思議じゃない。

「ハヤトこそ、こんなところで何してるのさ？　家まであとひと息だよ」

「何でも」

うんざりしたような声になった。

「こっから出て行きたいんだね、この村から？」

図星《ずぼし》だろうという声と表情だった。

「違う」

「おや」

「〈町〉だって行ったよ。二ヤー前、〈都〉だって行った。大きくて賑《にぎ》やかなとこだった」

「そこで暮らしたいんじゃないのかい？」

「〈町〉も〈都〉も、おれにはあんまり変わりがなかった。人がたくさんいて、珍しい品物が並んでいるだけだ。あんなもの、三スマ（一スマ＝ひと月）に一遍やってくる行商人から買える」

「うんうん」

ジャナはうなずいた。この孫の言葉を否定したことは一度もない。アギの言い分など半分は真っ向否定、半分は無視である。よく首を吊らねえな、とハヤトは父に感心している。

「じゃあ、どうすりゃ、夜の浜辺で悪態を絶叫するのをやめるんだね？　鉄柵をすり抜けた〈海のものたち〉が聞きつけるかも知れないよ」

「気をつける」

ハヤトは肩をすくめた。またもうんうんとうなずく祖母を見下ろしながら、いっそ来やがれと思った。

〈海のものたち〉だろうが、〈山蜘蛛《やまぐも》〉だろうが、おれの前へ来い。八つ裂《ざ》きにしてくれる。駄目ならおれの身体を食らい尽くせ。さぞやせいせいするだろう。

眼は黒い波と長い石壁を見つめていた。ふと下を向くと、見上げるジャナの眼と合った。自分がどんな顔をしているか知っているハヤトには、皺《しわ》だらけの小さな笑顔が不思議だった。

気恥ずかしさから眼を逸《そ》らして、

「旅籠にバルジさんが泊まってるよ」

と言った。

「え？」

ジャナは驚きの表情を浮かべ――すぐ笑顔になった。少し複雑な笑顔だった。

「そうかね。じゃあ、家《うち》へ来るね」

「わからないけど――あの人何なんだい？　どうして、家へ来るの？」

ハヤトの胸中も穏《おだ》やかとは言えなかった。自分や祖母と同じ感情を母が抱いてはいなかったからだ。バルジが滞在中の母のこわばった表情と仕草《しぐさ》を、ハヤトはいつも不可解に思っていた。

それはバルジへの思いにもつながっていた。あの人――何者なんだ？

「とにかく、家へお帰り。これから祭りへ行くんだろ？」

「ああ」

ひょこひょこと歩き出す祖母の後ろ姿を追いながら、なぜ彼女にだけは、村人の誰にも抱く嫌悪感が湧《わ》かないのかとハヤトは考えた。

村人みんな――父も母もその中にいる。

第二章　惨劇の夜海

1

ドアを閉めても海鳴りは消えなかった。

雨風は一切《いっさい》断《た》てる家なのに、なぜかとハヤトは不思議だった。

「お帰り——これから祭りだろ?」

台所から現われた母が、気乗りしない風に言った。

「何か食べてお行き」

「いや、飯は村で食う」

「そうかい。時間が時間だ。気をつけてお行きよ」

「大丈夫だ、すぐに帰る。〈海のものたち〉は、そうそう来やしないよ。親父はどうした?」

「離れでまたとんてんかんとんさ。何こしらえてるか、おまえ知ってるかい?」

「知らないよ。親父の趣味なんか興味はねえ。コジューだけ少しくれ。あとは村で買う。少しくらい経済活動に協力しないとな」

浴室へ行こうとする背中へ、

「さっきササジとレオンが来たよ。おまえと祭りへ行きたいって。バイトしてから戻ると言ったら、残念そうに、先に行きますだってさ」

ハヤトは返事もせずに浴室へ入った。汗だけかと思っていたら、戦闘シャツの左胸あたりに黒い染《し》みが幾つかついていた。〝動く死骸〟——ウデトの血に間違いない。躱し切れなかったらしい。

みな籠《かご》に入れてからシャワー室へ入る前に、開け放された窓に眼が行った。木の覆《おお》いは上を向きっ放しだ。覆いに手をかけると、光のすじが眼に入った。

離れから洩れる明りであった。父——アギは今夜も玄能と釘で、とんてんかんとんやっている。離れと言っても、機能的には祖父が亡くなった時点で終焉《しゅうえん》を迎え、今では父の工場兼倉庫と化している。

工場といい倉庫というなら、家族の生活に何がしかの利益をもたらしそうなものだが、父の作業がそれを成し遂《と》げたことは一度もない。

子供の頃はそれなりの興味を持っていたハヤトも祖母も、今では気にもしなくなった。

「よくやるよ」

覆いを下ろし、ハヤトはシャワーを浴びた。紐《ひも》を引くと屋根の上の貯水槽に貯《た》めた雨水が、真鍮《しんちゅう》のパイプから溢れ出た。パイプの口には三〇近い穴が開いている。羊《ひつじ》の油脂《ゆし》から作った石鹸《せっけん》も大分すり減っていた。こすりつけるとぬらついた感触が残るものの、洗い落とした後の爽快《そうかい》感は捨て難《がた》い。村の雑貨屋に、香料入りが入ったという札《ふだ》が出ていた。

シャワー室を出て、籠に入った着替えを着た。

居間には父がいた。

大人しく椅子にかけていればいいものを、眼の前に両手を上げて、色々な形を作っては壊している。知らない連中が見れば、さすがは船大工の天才と胸がすくだろう。

テーブルに置かれたコジュー入りの椀《わん》を手に取ったとき、

「バイトはどうだ?」

と父が声をかけて来た。

「別に」

甘い果汁と山羊《やぎ》の乳のミックスが喉《のど》を通っていく。一気に空けてから、何かひとこと言ったほうがいいだろうと思った。

「――離れで何してるんだい?」

「気になるのか?」

「いや。ちょっと訊いてみただけだ」

「なら答えんでもいいな。これから祭りか」

「ああ」

「おれも行ってみるか」

口にしてから、息子の反応に気がつき、

「いちいちそんな眼で人を見てたら、闇討ちに遭《あ》うぞ。おまえと親子仲良く行こうとは言わん。好きなときに出ろ」

「当たり前だ」

ハヤトは吐き捨てた。

ふと、母がいないのに気がついた。

反射的に出た。

「バルジさんが来た。旅籠に泊まってる」

「ほお」

父の身体はこの返事に押されて、椅子の背からとび出たように見えた。

「元気だったか?」

「ああ。五ヤー前と変わったのはケープだけだ。不思議だよな、皺ひとつ増えてないように見える。あの人、一体何なんだ?」

返事はない。少し意地になって、ハヤトはこう続けた。

「おれの考えじゃ武器の行商人だ。女相手の化粧品売りじゃねえよな」

「つまらん冗談はやめろ」

「じゃあ、何だってんだ? あの顔つきは絶対に漁師や百姓や木樵《きこり》じゃないぜ。兵士にしちゃ頭が切れすぎる。〈都〉の国長《くにおさ》の護衛官か何かか? そんな男が五ヤー前、何しに家へ来た?」

ハヤトは無言の父を刺すように見つめた。父は気にもしなかった。眼は虚空《こくう》に据《す》えられていた。脳の凄まじい活動ぶりを、両眼が示していた。

「あのとき、バルジさんと話したのは親父だけだ。あの人は何しに来た? どんな話をしたんだ?」

父の眼が虚空から戻った。語る準備が整《ととの》ったのだ。

そこへ、

「お父さん――着替えて」

やって来た母の次の言葉を待たず、ハヤトは立ち上がった。

「おーい」

と呼ばれたのは、家から一〇〇〇キュビトばかり離れた道の上である。

道はここから岩盤が重なったトンネルをくぐって、海岸線から離れる。

追いかけて来るのは、同じ集落のギリメルとマキヤだった。学舎の同窓生である。

船の清掃があって今まで足止めを食わされたと二人は言い、これから祭りだと宣言した。

「おまえの家行ったら、ちょい前に出かけたところだと言われたから、大急ぎ追いかけて来たんだ」

ギリメルが頭を掻き掻き言った。

「こんな夜中に行くんなら、おれたちだけじゃ心細いと思ってよお。ここは学舎の格闘王ハヤト君の出番だろ」

来るのが当然だと言わんばかりのマキヤを、ハヤトはじろりと睨んで、

「勝手について来い。何か出て来たら、おれは真っ先に逃げる。後は神さま次第だ」

「おまえ、神さまを信じてたのか!?」

二人は眼を丸くした。ギリメルがしげしげとハヤトを眺めて、

「それじゃおれたちと同じだ。神さまもお喜びになるぞ」

しまったと思ったが遅かった。二人は激しく、ハヤトの両肩を平手で打ちはじめた。

「やめろ」

と肩をふって逃げた。神さまなどいないと公言したせいで、この二人みたいな面白がりには絶好の話題を提供したものの、学舎中から白眼視され、査問委員会にかけられて長期停学を食らったのは、丁度バルジが訪ねて来た年のことだ。しばらくの間、石を投げこまれたり、網を破られ船の底を抜かれたりひどい目に遭った。丸一ヤーの間、近所づき合いも出来ず、漁に出れば体当たりをかまされたり、鯨魚《げいぎょ》を放たれたり——かなり深刻な日々だったのである。一ヤーで熄む暴挙ではなかった。それが近所づき合いまで普通に戻ったのは、ハヤトが兄に同行し、それまで妨害行為を仕掛けて来た奴には、こち

らから船をぶつける、問答無用で櫓《ろ》でぶちのめす、鯨魚には銛《もり》の後で仕留め札を射ちこみ、勝手に引いて帰って家の庭でバラしてしまう――負けてなどいなかったせいである。父や母に喧嘩を売ったり、絡《から》んで来た奴らは、その日のうちに待ち伏せ、乃至《ないし》自宅まで押しかけて家族の前で叩きのめし、二度とおかしな真似《まね》しやがったらこんなもんじゃ済まねえぞと当人ならぬ子供の胸ぐら摑んで脅《おど》し、ただの脅しじゃない証拠に、荷馬車や納屋《なや》に火をつけて丸焼けにした。逃げ出した羊や豚は、焼印の上に自分の家の焼きごてを当てて、うちのだと主張してはばからない。文句をつけた日には、脛《すね》蹴《け》とばして、前へのめったところへ膝蹴り一発――その後で、話し合おうや、文句があるなら神さまと一緒に来な。

敵が降伏したのは、村の商店へ買い物に出た父を襲った連中を、ハヤトが崖《がけ》下に呼び出し、爆薬を仕掛けて崖崩れを誘発。全員まとめて岩の下敷きにし、二人が死亡した。これだけならまだしも葬儀《そうぎ》の日、死人怪我《けが》人の家を爆薬一閃《いっせん》吹きとばしてしまったときである。二十余名の家人、親族が復讐《ふくしゅう》戦に乗り出し、どう報復するか相談している最中に、現場へのり込み、あっという間に、全員の歯を四散《しさん》させてしまった――この中に七つの男児もいたものだから、ついに集落の連中は話し合い、あいつを怒らせたら孫子《まご》まで狙われると対決を放棄《ほうき》、村でのつき合いも以前と同じ、一切の嫌がらせはしないとの誓約書をしたためて、ハヤトの家を訪問したのである。ただし条件がひとつあり、公《おおやけ》の場で神を否定しないこと――ハヤトも肩をすくめて受けた。それ以来、村の老人たちはハヤトを見るたびに短い聖句を唱え、神の護印《ごいん》を結ぶ。

「いいか、よく聞け」

ハヤトは二人の胸ぐらを摑んでゆすった。

「おれと神の名前を一緒に出すな。おれが神を信じてるなんて噂《うわさ》が広まったら、おまえら二人の舌と金玉を引っこ抜いてやるぞ」

二人は一も二もなく約束した。顔は蒼白《そうはく》であった。

ハヤトの後を、しおしおとついて来た。

トンネルに入ったとき、馬の足音と車輪のきしみが、前方から近づいて来た。

三人はトンネルの外へ戻った。暗闇の中で見知らぬ者と遭遇《そうぐう》するのは極力避《さ》ける。村の常識だ。

二頭立ての荷馬車であった。

御者《ぎょしゃ》が手綱《たづな》を絞《しぼ》って馬の足を止め、

「祭り？」

と訊いた。

「ジェリコかよ」

ギリメルが胸を押さえた。背はハヤトより頭半分高いが、胆《きも》の太さは一〇〇分の一だ。昼間、家族と会っても、心臓は縮まるに違いない。

これも同窓生のひとりは、ギリメルとマキヤとは別種の視線を青い眼の中心からハヤトに浴びせかけた。

月光に頭の後ろでまとめた金髪が波打ち、黄金の粒が空中を漂《ただよ》った。髪の毛を留めているのは、貴石を埋めた青銅の髪留めであった。

ハヤトは真正面から視線を撥ね返した。学舎始まって以来と謳《うた》われた美貌《びぼう》が二人の方へ向きを変え、怒りの表情を浮かべた。シャツの胸から半《なか》ば以上露出した白い乳房は、確かに見世物ではなかった。

ギリメルがあわてて、

「おまえ――祭りの帰りか？」

と訊いた。

2

娘――ジェリコの顔に、三人が学舎で見慣れた表情が浮かんだ。侮蔑《ぶべつ》である。

「あんなもの興味ない」

そんな言い方しなくても、という口調で吐《は》き捨てた。

「父さんが岬の下の岩場に魚籠《びく》を忘れたと言い出した」

「で、おまえがこんな時間に取りに行くのか、娘の鑑《かがみ》だな」

言いざま、マキヤはハヤトの背に隠れている。

そちらを火の出るような眼つきで睨みつけただけで、ジェリコは右の腰に廻した右手を下ろした。短剣の柄《つか》が突き出ている。

「明りもないのに危ないぜ」

ギリメルが心配そうに眉《まゆ》を寄せた。根が優しい若者なのである。その声が鬼女の顔も普通に戻した。

「平気だ。ないと明日の漁が困る」

「そうかい、見つかるように祈ってるよ」

怖いものなし状態のマキヤが嫌味ったらしく言った。学舎ではさんざんジェリコに苛《いじ》められたくちだから、今にいたるも怨《うら》み骨髄《こつずい》らしい。

「ハヤトのいないところで会いたいもんだね」

ジェリコは唇を歪めた。

「楽しいタコ踊りでも踊って来な。じゃあね」

と馬にひと鞭《むち》当てようとするのを、ハヤトが右手を上げて止めた。

「――何だい？」

「トンネルへ入ると、潮の匂いも届かない」

と彼は低く言った。眼は黒い洞《うろ》に注がれていた。

「それが、さっきはした。ますます強くなっている」

「え？」

と緊張の表情になるジェリコへ、

「トンネルを抜けると、しばらくはおまえの家しかない――戻れ」

有無《うむ》を言わさずジェリコの隣りに乗りこんで、手綱まで取ってしまった。

「おいおい」

あわてて後に続こうとする二人へ、

「少し危《ヤバ》い。すぐ戻れ。できれば山の道を通っていけ。真っすぐセフの家へ行って警報を鳴らさせろ。

ジェリコの家は知ってるな。一〇人ばかりに銃を持たせて来いと言え」

これも有無を言わさない。返事を待たずひと鞭当てて、馬と馬車を鮮《あざ》やかに半回転させた。こちらも水際《みずぎわ》立っている。

馬車が走り出すと、呆気《あっけ》に取られたようにこっちを見つめているジェリコに、

「家族はみないるのか？」

「ああ。父さんと母さん、祖父《じい》ちゃんに祖母ちゃんがいる。弟たちは祭りだ」

「覚悟しておけ」

短く言った。

凄惨《せいさん》な表情が娘の美貌をかすめ、すぐ、

「ああ」

右手が短剣の柄を握った。今度は役に立ちそうだ。

「火薬銃はあるか？」

「いや。この馬車のは修理《なおし》に出してる。長いのはないよ」

美少女はハヤトの言葉の意味を全て理解していた。

「短剣は何本ある？」

「二本と予備が四本」

「棒があるか？　箒《ほうき》の柄でもいい」

「天秤用のが一本」

「紐で、その先にナイフを縛りつけろ。紐がなければ、おまえのベルトを使え」

「ああ。なんかゾクゾクして来たよ」

ジェリコの眼はかがやきを放った。ハヤトは馬にひと鞭当てた。

一〇ミン（一ミン＝約一分）とかけずに道から山の方へ外れた小道へ乗り入れた。

ジェリコの身体は小刻《こきざ》みにゆれている。馬車の振動に合わせているのだ。不測の事態に備える訓練は学舎のカリキュラムにもあるが、これは自ら体得しなければ不可能な動きであった。馬車が急制動をか

けても、つんのめっても娘は軽々と地上に降り立つだろう。

「臭うね」

と話しかけた。何かを予感したような声であった。

「ああ」

「潮と――血の匂い」

ジェリコは唇を噛《か》みしめた。

「どうする？」

「放っとけってこと？」

「おまえは降りても文句は出ないぜ」

「女だから？　襲われてるのは家族だ」

前方に明りが見えてきた。何の音もしない。ジェリコがきりと歯を食いしばった。不安は消えていた。この美少女はすでに復讐鬼と化しているのだった。

あと二〇キュビトというところで、ハヤトは馬車を止めた。足音を忍ばせて、戸口へと向かった。

話しかけようとするジェリコを制して、

「着くまでは手話だ」

「わかったわ」

ジェリコは右手の五指を素早く動かした。

――馬ヲツナガナカッタノハ何故？

ハヤトも同じ手で応じた。

――オレタチガ殺《ヤ》ラレタラ、逃ゲラレナイ。馬マデ食ワレル必要ハナイ
――ワカッタ
ジェリコは親指を立てた。地方によって手話のやり方は少しずつ異なるが、これは何処でも共通だ。

家の周囲を廻り、外に誰もいないのを確かめてから南向きの窓の下まで走って、二人は耳を澄《す》ませた。

生々しい音は、そうする前から届いていた。

肉を噛む音。骨から噛み剝ぐ音。いちばん嫌な咀《そ》嚼音《しゃくおん》。

そして、奴らの声。村の沼には昔、蛙《かえる》という生

き物がいたそうだ。ハヤトは見たことがない。声が瓜《うり》ふたつのせいで、根絶やしにされたからだ。

「母さん」

とジェリコが人間とは思えない声で呻いた。全身が震えている、悲しみのせいか怒りのしわざかはわからない。

立ち上がろうとする肩をハヤトは押さえた。

――ミナ何処カニ隠レテルカモ知レン。ヒト思イニ片ヲツケヨウ。銃ハ何処ニアル？

――居間ノ西ノ壁ニ五挺

――連発式カ？

――二挺ダケハ。アトハ単発ダ

火薬銃は村から支給されるが、ひどく旧式な上、単発が多く、〈都〉から来た〈流れ雑貨屋〉から個人的に新型を買う村人も多い。値段は法外だから、二挺もあるのはかなり裕福な家ということになる。

――コウヤロウ

ハヤトの手話は素早く無駄がなかった。

ジェリコはうなずくだけで済んだ。

ハヤトは玄関に廻った。

左手にナイフを握り、右手には〝武器〟をぶら下げている。

ドアの下を見た。敷居の部分がたっぷりと濡《ぬ》れている。奴らが入った証拠だ。

どうやって堤防と網を避けて、どこから上陸したのか、知りたいことは幾らでもあったが、頭から拭《ぬぐ》い去り、ドアの前に立った。少し内側へ開いている。

ハヤトは呼吸を整えなかった。実戦でそんなことをすれば命取りだ。

一気に蹴りとばした。

奴らの臭いが押し寄せて来た。慣れていなければ、嘔吐《おうと》間違いなしだ。

狭い戸口の向こうはすぐ居間であった。

奴らはみなそこにいた。

油火のせいで青黒く見える肌は、昼の光の下なら濃緑色をした鱗の集積だ。侵入してからどれくらい経《た》つかわからないが、全身は常に濡れ、動けばしずくが飛び散る。

一一匹。ハヤトは瞬時に目算した。

みな床に膝をつき、食事に励んでいるところだった。

真っ赤な物体が、そいつらの身体の下に横たわっている。サンダル履《ば》きの足が、ひとり分、ふたり分。三人——四人。

一斉《いっせい》にこちらを向いた。

魚以外にはあり得ない平たい顔の横についた双眸《そうぼう》が、ハヤトを映した。血に塗《まみ》れた唇が三角形に開いて、尖《とが》った鉄を思わせる牙《きば》を覗《のぞ》かせる。肉片らしきものを引っかけたままの奴もいて、ハヤトは気分が悪くなった。

こんな奴らに手足があって、人間《ひと》みたいに立って歩くなんて。

ほら、びしゃびしゃと床いっぱいの血をはねはねやって来る。速い。しかも、のばした両手の指には水掻きだけじゃなくて、牙より鋭そうな鉤爪《かぎづめ》がついている。村の最古の住人がその岩壁に遺《のこ》した絵は正しかったのだ。

「だがな」

とハヤトは声に出して言った。

「人間も変わった。おまえらを陸でも海でも迎え討てるようにな。しかも、銃も刃物も無しで」

眼前に魚顔《さかながお》が迫《せま》った。

鈍《にぶ》く重い音とともに、そいつは真横を向いて身体ごと吹っとんだ。頭骨の折れる音は空中でした。

そいつが床の上でのたうち廻る音を聞きながら、ハヤトはさらに二度、〝武器〟をふった。

信じられない速度でふられる重い革帯は、凄まじい打撃力を発揮した。

吹っとんだ二匹の首は一八〇度曲がっていた。

六匹が同じ目に遭ったところで敵は後退した。

扇《おうぎ》状にハヤトを囲み、一斉に襲いかかった。

鉤爪が迫ってくる。ハヤトは戸口まで下がって一歩外へ出た。こいつらを外へ出すわけにはいかない。この家の中で仕留めねば周囲は地獄になる。

まだか、ジェリコ？　焦りが湧いた。革帯をふろうと下半身に力がこもった。嫌な音とともに、右足が沈んだ。

床板が腐っていたのだ！

落ち切る前に止めたのは、ハヤトの反射神経の力であったが、無防備になった。ハヤトに出来たのは、顔面を襲った鉤爪の一撃から上体をねじるだけだった。

左肩に何ともいえない痛みが走った。肉の裂かれる感触が不気味だった。

摑まれる前に、ハヤトは左足一本で後方へ跳んだ。敵がこぼれ出る。湧き上がる不安と怒りを抑えて次の手へ思考を向けた。

爆発音が轟《とどろ》いた。ハヤトは横へ跳んだ。

奴らの悲鳴がはっきりと聞こえた。玄関の外へ出て来た奴らがふり向いた。後方の奴が倒れるところだった。

その背後——居間の奥に、火薬長銃を横たえたジェリコの姿があった。

怪物どもが気づくまで、美少女は待たなかった。さらに二度火を噴いて、二匹がのけぞった。鉄の刃《やいば》でも切れにくい鱗も灼熱の弾丸には敵わない。

最後の一匹がハヤトを置いてジェリコに向かった。

ジェリコは銃身の下の筒型弾倉についた装塡器《そうてんき》を引いて、最後の一発を発射室へ送りこもうとした。

半ばで止まった。

連発式火薬銃の弾丸は、普通真鍮を使うが、高価なせいで、多くの所有者は薄布に火薬や信管、弾頭をまとめて詰《つ》める。このため、弾薬筒から発射室へ送る爪に布地が引っかかり、装塡不良を起こしてしまうのだ。

ジェリコはすぐ長銃を捨てた。無理をすれば布が裂け、中身が洩れるだけだ。ここまで銃を知っている女は珍しい。しかも、逃げなかった。醜悪《しゅうあく》な身体が摑みかかる前に、床に置いた武器を拾うや、そいつの鳩尾あたりに突き刺した。棒に短剣を結んだ即製の槍は、敵の爪が届く寸前で、短い刃を半ばまで食いこませた。

硬い。予想外の硬度を備えた鱗であった。授業では男が二度刺せば簡単に貫けると教わった。

魚腕のひとふりで、槍がはね飛んだ。

バランスを崩しながらも必死で立ち直ろうとする美少女の身体に、濡れた腕が巻きついた。

頰《ほお》に密着する感触の不気味さに、ジェリコは悲鳴を上げようとしたが、途中で熄《や》んだ。凄まじい力につぶされた肺が、酸素の供給を拒んだのだ。骨が悲鳴を上げた。

ふと意識が暗黒に同化し――すぐに戻った。

そいつは死の抱擁《ほうよう》を解《ほど》いてよろめいた。そいつの後頭部で鳴った打撃音をジェリコは聞いている。そいつの足下に乳児の拳ほどの石が落ちた。

「下がってろ」

奴らの身体を飛び越えながら、ハヤトが駆《か》け寄った。敵は膝をついている。

「いいとこ盗《ど》り？」

言うなり、腰の後ろにつけた鞘から短剣を抜いて、ジェリコはそいつのぼんのくぼへ突き刺した。学舎で学んだ急所だった。抜いた。黒い血が飛んだ。刺した。また抜いた。もう一度、刺した。

そいつは短剣のほうへ両手をのばしただけだった。一度だけ醜い身体を痙攣が襲い、それに導かれて何処かへ行ってしまった。残った抜け殻は、両手を落としてから頭《こうべ》を垂れ、全身の力を抜いた。

倒れぬ身体を、ジェリコが背後から蹴り倒した。

3

広いとは言えぬ居間の内部《なか》を、ジェリコの荒い息遣いと、そいつらの苦鳴が途切れ途切れに流れた。

黒く染まった短剣を手に、ジェリコは声の主のところへ行ってとどめを刺した。一匹ずつ何度も刃をふり下ろした。

ようやく戻って来たとき、

「気は済んだろ。見るな」

とハヤトは言った。ジェリコの家族のことである。

ジェリコはそちらを見た。それからハヤトへ視線を戻して、

「ありがとう」

と言った。死体は全て、床の敷布で覆われていたのである。敷布は大きいとはいえなかった。それで足りた。

自分に背を向けたジェリコを置いて、ハヤトは後頭部を砕いた奴の死体のかたわらにしゃがみこんだ。床は奴らの血と潮と別の血の臭いを噴き上げていた。ジェリコの抑えたすすり泣きが聞こえた。ハヤトの記憶は、学舎で男たちを素手でぶちのめしている美少女を思い出させた。不思議と救われた気分だった。

ぴくりとも動かぬ鱗の塊りを、ハヤトは何ひとつ見逃さぬつもりで眺めた。授業では利いた風な口をきく教師たちも、本物を見たことはないはずだ。

石の命中した後頭部は大きく陥没《かんぼつ》していた。奴らを一撃で仕留めるにはここをつぶすかぼんのくぼを刺すしかない。至難の業だが、決まればそれこそ一発だ——教師の得意げな声が甦《よみがえ》った。

「ん？」

無意識に声が出た。

「——これは……」

血の滲む陥没部分を、ハヤトは指で拭った。

ジェリコが近づいて来た。声を耳にしたらしい。まだ少し上ずった声で、

「どうしたの？」

と訊いた。こいつは男に生まれるべきだったなと、ハヤトは思った。

「見ろ」

と指さした。

ジェリコが左隣りにしゃがみこみ、眼を凝らして、

「数字？」

と小さく尋ねた。

「他のものに読めるか？」

「いや。間違いない。数字だよ」

ジェリコも指を当てた。

「一九八……ここまでしか読めないけどあと五桁《けた》くらいはつづいてる。何だと思う？」

「こいつらの数だろうな」

少し間を置いて、ジェリコは大きく見開いた眼でハヤトを見つめた。数のスケールではない。ハヤトと同じく——もっと重要なことに気づいたのだ。

「誰がこれをつけた？」

「そうだ」

ハヤトはうなずいた。

「よく見ろ。焼きごてかと思ったが、ずっとはっきりしてる。こんなに小さな字をこんなにきれいに焼きつけられる道具なんか、〈町〉にだってない」

「〈都〉にもさ」

ジェリコは立ち上がり、戸口の方に倒れている奴らのところにしゃがみこんだ。ハヤトも続いた。

手分けして他の連中の急所を調べた。四匹に刻印があった。一匹は最初の奴と同じだったが、あとは一四、一二、一〇桁とばらばらだ。

「見てくれはみな同じだが、案外、年齢差があるのかも知れんぞ。五桁と一四桁じゃ幾らなんでも違いすぎる」

「ひと桁台もいたんだろうな」

ジェリコは、凄まじい好奇心を声に秘めて、

「あたしたちの村じゃあまりないけど、もっと北の大きな村じゃ、他所《よそ》の羊と間違えないよう、焼きごてで印をつけるそうだ。数をはっきりさせるには数字だ」

そして、二人は顔を見合わせた。

誰がどんな方法で数字を刻印した？

ひょっとしたら、こいつらは羊と同じだったのか？

「飼われてたのか？　つまり――」

二人は声を合わせ、はっとしたようにお互いを見つめた。

眼を逸らす前に、近くでは耳を覆いたくなるような響きが、戸口から訪れた。

ジェリコが憎々しげに、

「あいつら――やっと」

ハヤトが二人の友に托《たく》した警報の響きであった。

だが、ハヤトはすぐ首を横にふった。精悍な顔に戦慄《せんりつ》の色が黒々と広がっていく。

「違うぞ。これは――村の方からだ」

村の浜には堤防が設置されなかった。これはひとえに漁船の邪魔になるからで、〈海のものたち〉の脅威は、岩上に設けられた火薬銃座や、それよりずっと少ない砲座で撃退する手筈《てはず》になっていたし、現に五〇〇ヤー前に生じた〈海のものたち〉の大襲来時に、見事その任務を全《まっと》うした事実が、時間と金のかかる大工事を抑えるのに力あったのである。

午後一〇時――祭りは二度目の頂点を迎えていた。

休みなく連射される残り「百彩」――一〇〇発の花火が七彩の昼を生み、見上げる人々の顔と姿も同じ色に染めた。雲にも届いた光は、稲妻《いなずま》の予感のように、その底を照らした。

二度目の賑《にぎ》わいの担《にな》い手は、〈昼の仕事〉を終えた人々であった。

櫓の監視役や銃座砲座の射手、海岸線の警備担当者、もちろん、自警団もいる。三〇名を超える彼らは、その帰りを待っていた家族を連れて来る。しかも、一村限りでは終わらない。いま広場に集まって、踊りと合唱の輪を作っている参加者の半分以上は、他村の村人や〈町〉の住人であった。

香具師たちも心得ていた。

初回の賑わいのときにも隠しておいた果実酒や骨細工、何処からか探し出して来た自称〝珍品中の珍品〟を並べて、

「これは最後まで取っておいた特別の品だよ。あんたはこれを買うために今夜、ここへ来たんだ」

と喚《わめ》き立てる。〝珍品〟〝宝〟の殆《ほとん》どは、山岳部で拾ってきた鉱石のかけらとか、何代か前の他愛ない道具——皿や短剣、腕輪などであるが、この村の品——例えば海獣《シグラ》の鱗を削《けず》り取る長刀や、海蛇の毒に対する解毒剤が、山岳部の市場では物珍しさから飛ぶようにはけるがごとく、買い手は幾らでもいた。

露店での一番人気は、この村独特の「海草酒」である。今夜も五〇〇人近い客が、濃度によって五段階に分かれる中身をひと椀ごとに飲んでは酔いつぶれ、ご相伴《しょうばん》に与《あずか》った女房や子供たちもろとも、仮の収容所に放りこまれるのだった。

第二部の警護に当たるしかつめらしい自警団の猛者《もさ》たちにせよ、第一部の酔いや楽しさがまだ体内に残って、どこか鼻唄混じりだ。

そのせいか、最初の発見者は彼らではなかった。

波のしぶきがかかりそうな浜辺の岩陰で、陽灼《ひや》けした太腿《ふともも》が海蛇のごとくぬらぬらと蠢《うごめ》いた。

さっきからその上を這《は》い廻っていた男の手が、声を合図に内側へと前進した。

「ああ……マキム」

指先が剥き出しの秘部に触れると、女は高い声を絞り出して、また男の名を呼んだ。

「まずいぜ、ナルディ——浜へ来てる奴らも多いんだ」

昼の光の下で浅黒く灼けた女体にのしかかっている男が、困った風を装いながら、女の赤くて厚い唇を自分の唇でふさいだ。

男を乗せた女体が、その乳も腰も臀部《でんぶ》も、芳熟《ほうじゅく》の極みにあり、しかも、海女《あま》らしい労働のせいで、驚くほど引き締《し》まって見えるのに、少年の面影を留めた若者は、ずっとか細く色白で、思い切り抱き合ったら、どこもかしこも真っ先に砕けそうに見える。それでも四〇になろうかという人妻を狂わせるだけの親譲りの美貌と技巧は、その親以上に備えていた。

熱く濡れた舌を絡め合って女をさらに高めると、若者は狭い岩の間で巧《たく》みに向きを変え、女の下半身へ移動した。

「ああ、行っちゃ駄目。あなたのも舐《な》めさせて」

露骨な告白にうすく笑って、若者は女の両腿を平手で打った。女は両腿を立てた。

若者の目的は、このたくましい人妻の征服と一スマごとの高額な報酬だった。女はお小遣いだと言うが、彼は正当な手当てと理解していた。

腿のつけ根で、犬がミルクを舐めるような音の人間版が上がりはじめた。淫《みだ》らな響きを女の絶叫が掻き消した。

「どうして……こんなに上手《うま》く……やっぱり……慣れてるのね」

怨嗟《えんさ》さえ含んだ声に侮蔑の笑いを濃くしながら
——ついでに舌の動きも止めずに、

「どうかな」

「ちょっと——本当なの？……口惜《くや》しい……相手は誰よ？」

まだおれに夢中だと確認は取れた。

「昔の話だよ、一〇ヤー以上前さ」

「——それって……あんた七歳じゃないの……その頃から……ああ、この……女殺し……」

罵《ののし》りながらも、激痛と欲望が女の反応を狂躁状態に陥《おとしい》れた。若者の頭を押さえて、自分の方へ引き寄せる。

若者は慌てず舌を奥へ入れた。そこから先は、親から教わった技に独自の工夫を凝らした秘技の出番だった。

数度高い声を上げたきりで、女は意識を失った。

軽く頰を叩くと、すぐに眼を開いた。潤《うる》んでいる。こんな目に遭わされた怨みすら含んだ眼差しは、一生この若者の女になると誓っていた。

「旅籠と酒場はいいの?」

若者は女の背中に廻り、首すじに唇を這わせた。

「日雇いが見てるわよ」

女は首をねじって若者と向かい合った。何を求めているのか若者は心得ていた。熱い息を吐く口に舌先を与える。女も絡めて来た。

「いいわ。ずっとこうしてて」

「好きな奥さんだな。ご主人は僕よりずっと強くてずっとたくましいのに——ここも」

若者は女の手を取って、自分の器官に導いた。女は技を使った。

「あン……そんなに上手くしたら……すぐイッちゃうだろ。ご主人にも……こうしてやってる……の?」

「そうよ、夫婦だもの」

途方もない淫らな眼つきを与え、

「でも、幾ら激しくしてても、技を磨《みが》いても、二五ヤーも一緒にいれば、男は飽きるの。今じゃ、女のところに入り浸《びた》りよ。旅籠も酒場もあたしに任《まか》せてね」

「それで僕とこんな……なんか、その日雇いも危ないな。楽しませたんじゃないの、このお乳で」

若者は女の腕を持ち上げ、身を乗り出して乳房を頰張った。舌がどんな動きをしたのか、女はのけぞって、

「日雇いなんか、ロクな男いないわよ。みんなあた

しを……狙ってたけど……」

「ほうら、みろ」

「……大丈夫よ。ああ、乳首噛んで……寝たいと思ったのは……ひとりきりよ……。あとは興味もないわ」

「信じちゃうよ」

「信じて」

「いいよ。でも僕のことが、セルシにばれたらどうするつもり？」

「絶対にしゃべっちゃ駄目よ。学級長が、自分の女房とこんななんて知ったら――」

若者は邪悪な笑みを浮かべた。なまじ美貌なだけに、凄愴《せいそう》とさえ言えた。

「あいつは僕が嫌いだ。奥さんの身体を僕が好き放題に舐め廻して、お尻からしてるなんて知ったら――」

「駄目よ、絶対に――」

女の声は途中で切れた。若者がまたも下方へ移動したのである。

「いいじゃないか、教えちゃおうよ。このでっかい尻をどう動かして、僕のをイカせたか」

「ああ……やめて……」

駄目よ、言わないでと哀願《あいがん》しながら、女は若者の腕が要求する方へ豊かな臀部をずらしていく。

月光の下に白い尻が持ち上がった。それは月光ばかりか、若者の愛撫も受けた。

若者は狙いをつけていた。

熱くたぎったものが、濡れた肉の沼の中に頭から突入した瞬間、女は岩を摑んで身をそらせた。

「みんな狙ってるよ、ナルディのこのお尻を」

若者は激しく突いていた。肉と肉の打ち合う音が、月光を汚していく。

「嘘よ」

「本当だよ。あんたを見た教室の奴らは、みんなあんたの尻を抱きながらイキたいと思っている。教師《せんせい》もみんなだ」

「莫迦なこと……言わないで」

否定しながらも、若者の淫らな言葉に大人の女の性欲が煮《に》えたぎっていく。女は尻を使っていた。

「凄えや――ちぎれそうだ。このスケベ尻」

若者の突きが激しさを増した。

いきなり離れた。

「駄目」

と女は叫んだ。

「離れちゃ駄目――入れ直して」

望みはすぐに叶えられた。

入って来た。

違う場所へ、違うものが。

それは若者よりずっと細く、ずっと硬く、ずっと長かった。

下腹の破れる痛みが女をふり向かせた。

冷たく濡れた手が尻の肉を押さえた。

そいつは、ずっと二人の現場を観察していたに違いない。

〈海のものたち〉が人間の女を犯すとは、最も怖《おそ》ろしい言い伝えのひとつだった。

後からのびた手が、女の顔をさらに後ろにねじ向けた。

唇に重なったものは、唇に違いない。女の舌を絡め取ったものも舌に違いない。

白い全裸の女体と鱗だらけの身体だとしても、これから展開するのは、男女の淫らな行為に他ならなかった。

そいつが唇を離すと、女は前へのめった。口から血が噴きこぼれた。虚《うつ》ろな眼の前に、大きな塊りが転がって来た。腸《はらわた》が破れた痛みも忘れて女は悲鳴を上げた。

若者の生首であった。

警報はまだ鳴らない。

第三章　祭りの後、血の痕《あと》

1

ハヤトとジェリコを乗せた馬車が、小石と月光を蹴《け》散《ち》らして、北の出入口に到着したのは、ナルディ家の悲劇から二〇ミン（一ミン＝約一分）と経《た》たぬうちであった。

海岸線を見下ろす馬車止めの広場の柵《さく》に馬をつなぎ、村への広い坂の上へ走った。二人とも松明《たいまつ》は持たなかった。月明りで何とか見えるし、松明は〈海のものたち《シーソ》〉をおびき寄せてしまうと聞いている。

馬をつなぐのに手間取り、ハヤトはジェリコにやや遅れた。いきなり天が七彩に染まった。どおんという轟《とどろ》きが、ひどく呑気《のんき》に広がった。花火の打ち上げが、まだつづいているのだ。

まとめた髪をゆらしながら走る後ろ姿が、石の柱が立つ目的地で急に止まった。短い悲鳴がハヤトに唇を噛《か》ませた。〈海のものたち〉はここまで来ていたのか!? 下の村からも悲鳴が噴き上げてくる。

ジェリコが大きく二歩下がった。

その前で両手を広げた影が、どっと足下に倒壊《とうかい》した。地面にぶつかるのと同時に、低い呻《うめ》きが上がった。

「レオンだよ」

ジェリコが即製槍《やり》の先を向けたまま眼を凝らした。ハヤトを誘いに来て、先に行ってしまった二人のうちのひとりだ。

ハヤトは、彼の腰の脇に片膝《ひざ》をついて、全身に視線を這《は》わせた。

右肩から左斜め下にかけて、眼をそむけたくなるような傷痕が走っていた。血は出ていない。本来はもっと薄い色らしい衣裳《いしょう》の背が真っ黒に染まっている。そこに吸い取られてしまったのだ。

「おれだよ、レオン。安心しろ」

とハヤトが力強く言った。

「ハヤト？……おお……大丈夫だ」

寝呆《ねぼ》けたような声が、すぐに応じた。

「傷は他にあるのか？」

「……いや、背中だけだ。ここまで逃げたけど、後ろからやられた」

「〈海のものたち〉か？」

「そうだ。おれはササジと広場で踊ってた。気がついたら……もう村の中にいた……おれはすぐ逃げ出した」

「ササジは？」

「わからねえ」

「すぐ医者を呼んでやる。我慢《がまん》していてくれ」

「わかった。なあ――」

レオンの声を天の光と轟きが消した。花火だった。闇《やみ》と静寂《せいじやく》が戻った。レオンはもう動かなかった。

下からの悲鳴は熄《や》んでいない。

同窓生の肩をひとつ叩いてから立ち上がり、ジェリコと顔を見合わせて、ハヤトはなだらかな斜面を一気に駆け下りた。

下り切ったところに、何人も倒れていた。折り重なっている者たちもいた。何ヶ所かで松明が燃えていた。炎が強いものも消えかかっているものもあった。ここまで辿《たど》り着いたところで、希望が絶《た》たれたのか。一様に背中を裂かれ、肩や背の肉がやられている。肩は咬《か》みちぎられてぼろ布のような傷痕を遺《のこ》していたが、背筋は、手で引き剝《は》がされたものらしく、ぱっくりと口を開いている。どの死体も血まみれであった。

低い呻きや泣き声が幾つも洩《も》れて来た。〈海のものたち〉の目的は人間の肉で殺害ではないのだ。

「子供よ」

とジェリコがハヤトに近づき、少し先の小さな影の前に蹲《うずくま》った。ふっくらとした短い手を取って、

「死んでる」

と言った。二歳くらいの男の子であった。太った

足の先に母親らしい女が倒れていた。こちらも既《すで》に息はない。

「なんてことしやがる」

ハヤトの全身が震えた。気味の悪い虫が這い上がってくる感覚。虫の名は怒りだった。

「助けて……」

別の女の声が上がった。老人らしい声が、助けてくれ、とつづいた。

「すぐに医者を呼んで来る」

ハヤトは嘘《うそ》をついた。この騒ぎで診療所が無事なはずはない。

遠くで銃声が上がった。

思い切れと言われたかのように、二人は立ち上がった。

「待ってて」

ジェリコの声を残して、村へと走り出した。

まだ悲鳴と怒りの声が上がっている。その頭上にまた光の花が咲いた。


すぐ坂は切れた。右方が集落、左手が広場だ。篝火《かがりび》の炎が見える。数が少なく暗い。倒されたに違いない。悲鳴が上がった。

少し考え、ハヤトは、

「広場へ行くぞ。用心しろ」

女へかける声ではなかった。自分と同じ——仲間へだ。

「おお」

こっちも女とは言い難い。

走り出した。

遠い背後で誰かが呼ぶような声を聞いたが、そちらへ意識を向ける訳にはいかなかった。

広場への道には炎が燃えていた。香具師《やし》が露店を並べている。その幾つかが火に包まれているのだった。村から借り出したか、自分で用意した篝火が倒れて火を露台に移したに違いない。

炎のそばに人が倒れていたが、ひと目で死んでいるとわかった。どうしようもない。葬《とむら》い云々《うんぬん》は後のことだ。

広場にはまだ戦いの場が残っていた。

篝火は残らず倒され、月光以外の照明は、点々と散らばった松明が担っている。そのゆれる炎を背に、幾つかの影が四方から二人の方へ向かって来た。

「来たぞ」

とジェリコが火薬銃をしごいた。

海の方から風が飛んで来た。潮の香りに混じって、生臭《なまぐさ》い臭《にお》いが猛烈に鼻を衝《つ》く。二人は学習どおり、常時携帯しているタオルで鼻孔《びこう》を包んだ。漁に出た船に奴らが乗りこんで来たとき、こうしなかった連中は悪臭で意識を失ったと学んだ。年齢《とし》を重ねた大人でも、基本中の基本を怠る。生と死を分かつのは、年齢《ねんれい》でも経験でもなかった。

「誰かいるか!?」

ハヤトは叫んだ。間を置いて、

「こっちい」

櫓《やぐら》の方から女の返事があった。

同時に、奴らが足を止め、そちらをふり返った。

「耳がいいな」

櫓への道を遮《さえぎ》る奴らの顔面へ、ハヤトは長銃を射ちこんだ。

四匹が奴らなりの絶叫を放ってのけぞり、ぶっ倒れる。命中箇所を押さえた水掻《みずか》きの間から黒血が溢《あふ》れるのを見て、ハヤトは満足した。

紙薬莢《やっきょう》の中の弾丸は一発ではなく、石の破片や釘を詰めた〝バラ弾《だま》〟だったのだ。

「行くぞ」

ハヤトは櫓へと走った。残りも追って来るが、陸の上では人間の足に到底及ばない。

難なく櫓の下まで辿り着き、ハヤトはふり向いた。構えかけた銃身を片手で押しのけ、

「今度はあたし」

ジェリコが射った。
十二、三キュビト（一キュビト＝約五〇センチ）

先の先鋒《せんぼう》が、まとめてのけぞった。

「下りて来い」

とハヤトが櫓の上に向かって叫んだ。三層に分かれて、上から太鼓、トランペットとフルート、提琴《ていきん》が占める。

「下りられないのよ。梯子《はしご》を外したの」

と返事があった。

「何人だ?」

「あたしと、子供が三人」

「待ってろ——助けを呼んでくる」

「駄目だ、いま助けなきゃ」

とジェリコ。

「敵が多すぎる。見ろ」

海辺の方から闇よりも濃い影が次々にやって来る。長銃の発射音を聞きつけたのだ。

「馬車を探したら?」

「とっくに食われてるさ」

「旅籠《はたご》のほうにあるかも知れない」

「よし。とりあえず探して来る。おまえは——」

ジェリコと櫓を見上げて、

「柱だけで登れるか?」

「何とか」

「上を頼む」

「任しとけ」

肩をひとつ叩いて、ハヤトは登れと促《うなが》した。

斜めに走る支柱に手をかけ、ジェリコは器用に太い丸木の上に乗った。皮を剝《む》いていないスギは、何より足が滑《すべ》りにくくて木登りには最適だ。

半ばまで登ったのを確かめ、ハヤトは身を低くして、やって来た道の方へと走った。

前方に四匹。

長銃には近すぎる。一発一匹では弾丸が無駄だ。

ハヤトは地べたへ跳んだ。

先頭が足をひっかけてつんのめる。思いきり回転して、二匹目にも後を追わせた。陸上の奴らをぶっ倒すには、このバランスの悪さを利用する。学舎と祖父から何百遍《ぺん》となく叩き込まれた教えだ。そして、立とうとするところを刺しちまえ。ぼんのくぼだ。

跳ね起きざま、ハヤトは先頭の奴の急所へ、銃《じゅう》床《しょう》の角を叩きこんだ。つぶすも刺すも同じことだ。前屈《まえかが》みで起き上がったそいつは、ゲロと鳴いてつぶれた。

立ったばかりの二匹目も、〈海のものたち〉の癖《くせ》で首を前へ突き出したままだ。

急所丸出しでよく上がってくるな、とハヤトは仲間たちと話し合ったものだ。

柔肉がつぶれ、骨まで届いた。

いきなり三匹目が眼の前に出た。その後ろに何匹も見えた。

数が多いときは何でも強敵だ。さっさと逃げろ。

大きくとんぼを切って四キュビト。着地する前に長銃を構えて射った。

出ない。

装填器《そうてんき》を前後させた。引っかかる。また紙薬莢が詰まってしまったのだ。

長銃を捨てて、ハヤトは革帯を摑《つか》んだ。

——危ないと閃《ひらめ》いた。思ったより奴らは足が速いのか。数が多すぎたのか。眼前の空間は埋められていた。

闇が紅く光った。

奴らの背後で悲鳴が上がり、ふり向こうとした前の影たちの頸部《けいぶ》や胸から真紅の光が放たれた。それは櫓の支柱の一本に命中し、紙のように貫通《かんつう》した。

馬の足音と車輪のきしみが飛んで来た。

「ハヤトか？」

よく見えるな、と呆《あき》れるほど濃い闇の中から聞こえた声は、

「バルジさん⁉」

興奮に全身がわなないた。彼がいたのだ！

光の矢がそいつらを薙《な》ぎ倒したところへ、馬車が横づけになった。馬は〈海のものたち〉を極端に怖《おそ》

れる。無理に突っこませても、仁王立《におうだ》ちになって進まない。

御者台にはバルジと、彼より大きな影が手綱を握っていた。トラスだった。

「櫓に女と子供がいる」

トラスはうなずいて鞭《むち》をふるった。櫓までは瞬《まばた》きする間だった。

「とび下りろ。受け止める」

ハヤトは絶叫した。

「子供を下ろす——頼むぞ」

ジェリコの声だ。

「ここだ！」

ハヤトは手を叩いた。

小さな悲鳴が上がり、落ちて来た塊《かたま》りをハヤトは巧みにキャッチした。二歳くらいの男の子だ。それでも腰に響く。

「トラス、手伝え」

バルジが叫ぶや、その右手から真紅の光条が闇を貫いた。横にふると、〈海のものたち〉の悲鳴と炎が続けざまに上がり、光輪の中に倒れる奴らが浮かび上がった。ハヤトは眼を見張った。胸のところで真っぷたつじゃねえか。何だ、あの光は？

「ハヤト！」

トラスの叫びは叱咤《しった》だった。恐怖さえ感じてハヤトが頭上をふり仰《あお》ぐ。その左腕を打撃して、小さな身体が地面に吸いこまれた。

一生聞きたくない音がして、泣き声が噴き上がった。

「しまった!?」

最初の子を下ろして抱き上げようとした横から、太い腕がひょいとさらっていった。

「おれは慣れてる。任せろ。あと二人を受け取れ」

トラスが睨《にら》んだ。

「頼むぞ」

ハヤトは櫓に向かって、

「大丈夫か!?」

「ムスクは⁉」

女――落とした子の母親らしい――の声に、

「大丈夫だ、あと二人――まとめて下ろせ！」

「行くよ」

ジェリコの声と同時にもうひとり――よし、と両手を上げたその寸前で、四歳くらいの女の子が、ずん、と空中で止まった。トラスが右手で受け止めたのである。そのままだらんと両手を下げて泣き出す、と思いきや、女の子は唇を噛みしめて耐《た》えた。

先の二人は――ひとりは仕方がないが――トラスの背中と左腕の中で、音量全開だ。

「邪魔しやがったな」

睨みつけると、

「いくらおまえでも、気が昂《たか》ぶってるとしくじる」

至極《しごく》当然のことを口にして、大男は少女をハヤトに托《たく》すと、馬車の方を向いた。

「ちょっと――お袋さん、どうする？」

天からの声はジェリコに似ていた。

「勝手に下りてこい」

と言い返して、ハヤトは馬車の方へ向かった。少女を乗せる――よりもバルジの武器が見たかった。

広場は戦場ではなくなっていた。月光の下に、黒々と奴らの死体が横たわっている。例の臭いともうひとつ――肉の焼ける臭いを風が運んで来た。

御者台に歩み寄って、

「バルジさん、あの光は？」

「おれの術だ。子供を乗せろ。生き残りは旅籠にいる」

「わかりました」

女の子を後ろの荷台に乗せたとき、櫓の方から鈍い衝撃音と、女の悲鳴が上がった。母親だ。柱を下りるときに足でも滑らせたのか、最初からとび下りた結果か、ハヤトにはわからなかった。

「相当、殺《や》られましたね」

「ああ。一〇〇人以上だ。みんな食われるか、海へ引きずりこまれた。奴ら三〇〇はいたぞ」

「どうしてそんなに――」

「早く乗れ」

バルジが自分を見ていないことに気づいて、ハヤトはふり返った。

頭上でどん、と鳴り、世界は夜に挑《いど》んだ。

その光の下で、よたよたとこちらへやってくる二人の女がはっきりと見えた。

2

旅籠へ到着するまで二度襲われ、旅籠の前にたむろしていた奴らも押しかけて来た。

どれも真紅の一閃《いっせん》が眉間《みけん》を貫き、首を切断し、胴体を二つにして片づけた。

ハヤトどころか、子供たちを含めて全員が、胸のすく技倆《ぎりょう》に声を失った。

旅籠に籠城《ろうじょう》した村人たちは、バルジの指示で築いたバリケードを盾《たて》に、備えてあった火薬銃で応射しながらバルジの帰りを待っていた。ここでもバルジの武器は充分に活躍したらしく、店の前には〈海のものたち〉の死体が層をなしていたのである。

敵が退《しりぞ》いたと知っても、バルジはバリケードを出るなと告げ、大胆にもひとりで浜の方へと下りて行った。

少しして彼が戻り、もう大丈夫だと告げた途端《とたん》、人々は歓喜《かんき》の声を上げて抱き合った。

備えつけの薬で治療が施され、女たちはお茶と酒をふるまいはじめた。

念のため旅籠の中の点検はトラスや村の男たちに任せ、ハヤトはバルジと外を探索した。

死体以外、なにもない。

「奴らと――村人と」

ハヤトは空を仰いだ。もう花火は上がらなかった。

「奴らはどうして陸へ？」

と訊《き》いた。バルジに訊いてどうなるものでもないとはわかっていたが、黙ってはいられなかった。

　返事はあった。

「奴らの棲家《すみか》に何かが起こったんだ」

「え？」

「五〇〇ヤー（一ヤー＝一年）前にも一度、そして二ヤー前にも多分、同じことが起こったのだ」

「何だい、それは？」

　岩のような好奇心が、大地をえぐり抜いて地上へ出ようとしているのを、ハヤトは感じた。

「捕食者《ほしょくしゃ》が現われたのだ」

「ホショクシャ？」

「食い尽くすものだ。五〇〇ヤー以上前、〈海のものたち〉の最初の襲撃以前に、奴らを食らい尽くす存在が出現した。奴らはしばらく耐え、ついに耐えかねて陸へと上がって来た。そうなるまでに何百ヤーか経っていたかも知れん」

「――何だ、その存在ってのは？」

　返事はない。バルジもわからないのだと思った。


「それから五〇〇ヤーのあいだ、その存在ってのは大人しくしてて、また暴れ出したのか？　だから、五〇〇ヤー前と今日、〈海のものたち〉が上がって来たのか？　いや二ヤー前にも」

　バルジは首を横にふった。

「五〇〇ヤー前の奴ら上陸後、その存在は抹殺《まっさつ》され、侵入経路も遮断《しゃだん》された。それなのに現われたのだ」

「同じ奴ですか？」

「わからん」

「どうして、また？」

「恐らく侵入経路の遮断に手抜かりが生じていたのだろう。それでも数百ヤー間、よく保《も》ったもんだ」

「その存在ってな、どっからやって来たんです？　けいろって何です？」

「侵入経路――つまり、向こうからこちらへ、断わりなしに入って来る道のことだ」

「そんなもの、何処《どこ》にあるんです？　海の底？」

「そうだ。ただしやって来たのは、別の海からだ」

重い衝撃がハヤトの全身を叩いた。バルジの言葉の意味は正直よくわからなかったが、わかる部分もわずかながらあった。それでいてこの衝撃だった。

ハヤトは身震いした。好奇心という名の岩は、一気に地上へ躍《おど》り出たのだった。

「別の海？　これより他に海があるのか？」

彼はバルジに近づき、その腕を摑んだ。ひどく硬い感触が指先に伝わった。ハヤトや村の男たちとはまるで違う。

途方《とほう》もなく広大で強い流れが生じていた。それに身を投じた結果の行為だった。

「教えてくれ、バルジさん。他に海が――？」

「あったら――どうする？」

バルジはハヤトの方を見もせず、手を外そうともしなかった。彼が向いた先には暗い海と波音ばかりが果てしなく続いていた。それが世界だとハヤトは教わり、そう信じていた。


いま、眼の前に立つ鉄のような男は、それが違うという。ハヤトは混乱の極みにいた。彼は確かなものにすがりつきたかった。

「――あったら、どうする？」

バルジがまた訊いた。

「――そこへ行く」

バルジがうなずいた――ような気がした。

「おまえなら、そうだろう。おれはそういう男を捜《さが》していた」

「どういうこったい？」

「〈海のものたち〉が、誰かに飼われている、と言ったら驚くか？」

バルジはふり返った。石のような顔に刷《は》かれた感情の意味に気がつく前に、ハヤトは脳裏《のうり》に一閃のきらめきを感覚していた。

〈海のものたち〉の急所に刻まれていた数字だ。

「いや」

と答えた。我ながらきっぱりとした返事だった。

それをどう判断したか、バルジは石のように無表情のまま、

「奴らは当分来ないだろう。今晩、おまえの家へ邪魔させてもらう」

「お、おお」

　ハヤトは地面を蹴り廻したい気分だった。身体中に熱を帯《お》びた震えが湧《わ》いた。

「夜明けだ」

　紗《しゃ》のようにうすい光が、世界に舞い下りて来た。中天で太陽が白いかがやきを帯びはじめている。月と同じ位置であった。

　人々はその星を夜明けから薄陽までは「太陽」と呼び、薄陽から夜明けまでを「月」と呼んでいるのだった。

「後始末」に手を貸して家へ戻ったのは、昼すぎだった。

　旅籠とバーの修理は女経営者に任せるつもりだったが、最後まで姿を見せず、村長《むらおさ》は、行方不明者は必ず捜し出すと生き残りたちに宣言したが、誰も信じてなどいなかった。

　集会場に集まった村人の数は二〇〇人に満たず、これは村人のほぼ四分の一が、鉤爪《かぎづめ》と牙《きば》の犠牲になったことを示していた。

　父が母が子供たちが、布袋を肩に家族を捜し求め、あちこちでそれらしいものを見つけて袋に放りこんでいた。時々それはうちの父だ伜《せがれ》だと言い争いになり、傷や指輪や歯の形で判定がつけられた。

　波打ち際に下りた女たちも同じだった。陸ほどでなくても、手や足が時々打ち上げられる。それを摑んでは袋に入れる老婆の横で、もっと若い母親たちが、寄せる波に石を投げつけていた。

「この野郎、この野郎」

　呪いの言葉は、やがて、返せ返せの合唱になった。それはいつまでも途切れなかった。

　バルジもトラスもいつの間にか見えなくなってい

た。向こうからすれば自分もそうだろうと思い、ハヤトは気にしなかった。

あの坂道の手前には、昨夜の死骸がまだ残り、家族らしい男女が地面にへたりこんで泣いていた。数が少ないのは運び去られたものだろう。

坂道を上がり切ったところに、馬車とジェリコが待っていた。やはりいつの間にか姿が見えなくなっていたから、勝手に帰ったのだろうとハヤトは思っていた。

「誰を待ってる?」

「さあね」

ジェリコはそっぽを向いた。

「乗るぞ」

「いいよ」

手綱はジェリコが握った。馬車が走り出すとすぐハヤトへ、

「何人くらい殺《や》られた?」

と訊いた。

「五〇と少しだろう」

ハヤトはジェリコを見つめた。

「あの村長なら、すぐに正確な数を出す。几帳面《きちょうめん》だから」

「早く家へ戻らなくていいのか?」

「帰ってどうなる? 誰もいないよ。死骸はゆっくり片づける。手伝いに来るなんて言うな」

ハヤトはジェリコにわからないように、溜息《ためいき》をついた。

「あいつらどうやって来たんだ?」

ジェリコが訊きたいのは、これひとつなのだろうとハヤトは思った。

「わからねえ」

としか言えなかった。現実に、あれだけ大量の奴らが、網と堤防を突破するなどあり得ない現象なのだ。

「え?」

ジェリコがこちらへ眼をやった。

「誰だ、バルジって？」

自分でも知らぬ間に洩らしてしまったらしい。

「何でもない」

当たりさわりのない返事をハヤトはした。

「おまえ――どうする？」

「気になるの？」

「義理で訊いた」

ジェリコはじろと睨んだが、

「〈都〉に親類がいるっていうけど、名前も顔も知らないしね。〈山岳地帯〉へ行って猟師にでもなろうかな。海はもうこりごりだ」

「もっともだ」

「一緒に来るかい？」

ジェリコの顔がかがやいた。ハヤトは沈黙した。

「山へは行かねえな」

「ふーん」

「別のところへ行くかも知れん」

「――どこだ？」

ジェリコが身を乗り出した。

「やっぱり〈都〉へ行って、神官の護衛になるのか？　あれは年齢を問わずに一ヤーに二回募集してる。おまえなら、きっと合格する」

「反対側だ」

「え？」

ジェリコの顔が歪《ゆが》んだ。ハヤトはなるべく穏《おだ》やかに、

「海の向こうだ」

と言った。

「海の向こう？」

ジェリコは眼を丸くした。

「でも、あっちには涯《はて》があるんだぜ。海の水がもの凄《すご》い音をたてて、遥《はる》か下の奈落《ならく》へ落ちてるんだ。あんまり下なんで、途中で水がバラけて霧になっちまうんだってさ」

「おれもそう習った。学舎ではな」

「他のところへも行ったのか？」

「何処へも行かねえよ。時々、サハフ爺《じい》さんのところへ食い物を持っていってやっただけさ」

「あいつが長生きしたのは、あんたのせいだったのか!?」

ジェリコが眼を三角にして喚《わめ》いた。

「あんな近所迷惑な狂人《ジニコ》をよくも——家にもこっそり来て、鶏《にわとり》と卵を盗んで行ったぞ!」

「あんな風になるまでは、おれを可愛《かわい》がってくれた。あの〈嵐の航海〉まではな」

3

一二ヤー前の冬、サハフ爺さんの乗った船が外海へ漁に出た。雲ひとつない快晴で、海鳥も朝から鳴き叫んでいた。船から落ちれば凍死《とうし》確実の日に四艘《そう》も出漁したのは、かがやく太陽と、この声のせいであった。集落の漁師たちは、誰よりも冬の海の怖ろしさを知っていたのである。


水門が開いてからしばらくの間は、大口径の射獣砲と銛銃《もり》を搭載《とうさい》した護衛船が一〇隻《せき》付くが、それ以降は定期出港以外無視される。

その日、サハフ爺さんが何処まで行ったのかはわからない。

昼過ぎた頃から、海は狂気の黒い巨腕に委《ゆだ》ねられた。

暗い天より水平線いっぱいに広がるほどの腕が海に潜《もぐ》りこみ、思いきり掻き廻すのだ。海は荒れ、腕の機嫌が悪いときなど大津波が世界中の村を万遍《まんべん》なく襲う。学舎の教師は、はっきりと根も葉もない伝説と断言したし、ハヤトもそう思っていた。

そうではない、と主張する者が、ハヤトが五歳くらいまで、村にも二人ほどいた。彼らは〈町〉や〈都〉にも仲間がいると主張したが、確かめた者も、名乗り出た者もない。

どちらも九〇を越えた老人だったことが、村人たちが耳を貸さなかった理由かも知れない。

黒煙を膠《にかわ》で貼りつけたような天から黒い巨大な腕が現われる。掌《てのひら》は水平線いっぱいにかかるほど広く、五指は何万キュビトも離れているはずなのに、眼の前にそびえる一本の巨木のように思える。ひっ掻き廻さなくても海は荒れ狂い、波は波を呼び波を食らい波を吐く。どんな頑丈《がんじょう》な、どんな大きな船でも、造られるべきではなかったと後悔するだろう。

だから、二度と海へ出るなと二人は村人たちを説得した。これには、子供たちをつかまえて、大きくなったら腕を見に行けとけしかけていたとの異論もある。

出漁前はタールを塗ったように黒かった髪が、雪もかくやの白髪に変わったことを知っている村人たちは、それでもよく耳を傾けていたが、天と腕と海だけだった物語が、稲妻や海獣《シグラ》、巨大な足までが加わるに及んで二人の前を素通りするようになった。

一度だけ、ハヤトは彼らのひとりが酒場で大暴れしているのを目撃した。

ガラスの砕ける音に混じって、違う涯があるんだ、と聞こえた。

違う涯？

「奈落などないんだ」

とサハフ爺さんも繰《く》り返した。

嵐の晩に戻って来なかった船は、一デ（一デ＝一日）過ぎても半ヤー経っても戻っては来なかった。

一〇ヤー後、サハフ爺さんを連れ帰ったのは、〈都〉に近い海辺の漁師たちだったが、何処でどんな風に見つけたのかは、誰も語ろうとしなかった。

一〇ヤーの歳月は当然、爺さんを七五歳に老けさせ、その脳も口も重く閉じさせた。息子と娘が二人ずついたが、みな漁を嫌って〈町〉と〈都〉に住み、狂った父を引き取ろうとはしなかった。妻は爺さんが行方不明になってすぐ亡くなっていた。

サハフ爺さんは荒れ果てた家に住み、村と近所の人々の好意で生きていた。それにもかかわらず、まるで気が向いたとしか思えないタイミングで盗みを働き、網を切り、船の底に穴を開けたりしたため、誰からも疎《うと》まれるようになった。

それがいつだったか、ハヤトは覚えていない。

覚えているのは、

「世界の涯には、巨大な壁がそびえ立っているんだ」

という言葉だけである。ことによったら、乾《かん》パンとチーズを運んでやった日かも知れない。笑ったような気がする。

「それじゃ、涯じゃねえだろ。壁の向こうには何があるんだよ?」

このとき、しかし彼は、サハフ爺さんの言葉を疑ってはいなかった。

狂気の老人の片割れが酒場で放った言葉の意味は、これだったのかと思った。

違う涯。

海がたぎり落ちる奈落の代わりに、巨大な壁がそびえている。おれたちは〈海のものたち〉を拒絶するために堤防を作った。壁もまた防ぐためのものだ。

その外側にあるものから、空と海と——世界を。

サハフ爺さんがそれを目撃し、みなに伝えるために帰って来たのだと納得したのは、爺さんが亡くなってすぐである。そのために一〇ヤーの歳月が必要だったのだ。

一〇ヤーあれば、他人《ひと》が見えないものも見て来られる。爺さんは、そうやって戻って来た。

誰がそうした?

こんな風に考えるようになってから、ハヤトの頭に揺曳《ようえい》するのは、この問いであった。

〈海のものたち〉の棲家で人間がひとりで生き延びるには、不可能な歳月であった。

誰が爺さんを助けた?

海には誰がいる?

その涯には?

壁とは何だ？

黙りこんだハヤトの横顔を、ジェリコはじっと見つめていたが、

「出て行くつもりだな？」

空気の一塊りを吐き出すように言った。

「どうしてだ？」

「おまえは昔からそうだった。今の暮らしに絶対満足していない——生活が苦しいとかじゃなくて、この世界のあり方自体に疑問を持ってるんだ」

ハヤトは苦笑した。

よくわかったな、と褒《ほ》めてやりたい気分だった。イメージの中のジェリコは、いつも荒い息をつぎながら、足下にぶっ倒れた血まみれの男の子を見下ろしていたからだ。

「だから——いつか出てくと思ってた。世界を疑ったら、そうするしかないからな」

そうか、まだ話していたのか。

「けど、相手が大きすぎるよ」

とジェリコは続けた。

「世界が相手だろ。ひとりじゃ何も出来ない」

自分の横顔に突き刺さる視線を、ハヤトは半ば心地よく、半ば迷惑に感じた。

「おまえが思ってるほど、おれは生きがいい男じゃない」

と言った。

「人並みに生命は惜《お》しい。多少危険でも、この固い地面の上で暮らしていくのがいちばんだと思ってる。実は漁にも出たくない」

今度はジェリコが沈黙を選んだ。少しはお返ししなくてはと思った。

「おまえは山の方へ行くか？」

「いや、みんなを埋めてから、〈都〉へ行くかも知れない」

「〈都〉？」

「父さんのメモに親類の住んでるとこが書いてあったのを思い出した」

「そりゃ良かった。ひとりよりはずっといい」

少し間があった。まずい。

「――そう思うか？」

ジェリコは、またおれの方を見ている、とハヤトは思った。前よりずっと激しい思いが熱風のように吹きつけて来た。

ハヤトは返事をしなかった。

「そう思うか？」

もう一度聞こえた。よせよ、もう。

ハヤトはうなずいた。

「そうか」

ジェリコの声から力が喪《うしな》われた。いま見れば、平凡な女の顔をしているのだろうと思った。

「あたしは〈町〉しか行ったことがない。〈都〉は話を聞くだけだ。とても大きくて美しいところだそうだ。本当か？」

「――そうだな」

「一度、連れてって欲しい」

「どうせ行くんだろ」

ハヤトは突き放した。

「そうだな」

「おまえは、腕も胆《きも》っ玉《たま》の太さもその辺の男の比じゃあない。〈都〉へ行けば、幾らでもいい仕事が見つかる」

「どうして、あたしだけそうなんだ？」

ハヤトは無視することに決めた。ジェリコも了解するはずだと思った。そうはいかなかった。

いきなり右腕の二の腕を摑まれた。

反射的に引き締めた筋肉に、指が食いこんだ。

「家族も誰も知らなかったけど、しょっちゅう、自分の腕や腿《もも》をこうしてるんだ。あんたと同じくらい硬くて張りがある。いつも思うんだ。普通の女の子みたいに、柔らかくならないかなって」

「…………」

「どうしてあたしだけなんだ？　そのせいで、小さい頃から女の子たちと同じ遊びはできなかった。男の子は、女だからって仲間に入れてくれない。女の子の遊びも詰まらなかった。あたしが男も女も区別なく喧嘩《けんか》してたのは、これを根に持ってたからだ。区別したお返しに、こっちは区別しないぞってね。あたしから吹っかけた喧嘩も何度かある」

「そういや、いつも愉《たの》しそうだったな」

言ってから、仕方があるまいと思った。

「いい喧嘩ぶりだったが、昔の怨《うら》みを晴らすためか。何でもいい。おまえは強い。昨夜のことでも――」

「だから〈都〉へ行けっていうのか？」

ジェリコがこちらを見た。

凄《すさ》まじい怒りが熱さを湛《たた》えてハヤトの頰《ほお》を灼《や》いた。

「あたしは自分が特別な人間だと思うんだ。えらそうな意味じゃない。他人とは違うことをするためにこんな身体を持って生まれて来たに違いない。ずうっとそう思って来た。家でみんなとくつろいでるときだって、その考えは変わらなかった。ここじゃない、どこか別の場所に、あたしが行くべき世界がある。いつか、そこへ行けるんだって」

「…………」

「昨夜が、それだと思う」

「…………」

「みんな死んじまった。そして、久しぶりに会ったあんたは、海の涯へ行くつもりだ」

「――勝手に決めるな」

腕に食いこんだ指に力が入った。

「痛《いて》て」

「何処へ？」

「連れてってくれ」

「あんたの行くところだ」

「――何も考えてねえよ」

「考えたら――頼む」

ハヤトは溜息をこらえた。娘の悲痛なまでの真摯《しんし》さがそれを許さなかった。

馬車はトンネルを抜けたところだった。

左方に海が広がった。

雲間からさす陽の光が、その表面に本来とは別の色彩を与えているはずだった。それを何と呼ぶのか、ハヤトは考えつづけた。

それきり、ジェリコは何も言わなかった。指も離れていた。

ハヤトの集落に入り、ハヤトの家まで馬車を走らせた。

ハヤトが降りると、じゃあ、と馬首を巡《めぐ》らせて走り去った。

見送りもせず、ハヤトは真っすぐ家へ戻った。

第四章　村長《むらおさ》の申し込み

1

　母と祖母は休めと言ったが、ハヤトは黙って裏庭へ出た。

「たまには休んだら？　今どきそんな技磨いたって、役に立たないと思うけど。弓も鉄砲も随分《ずいぶん》と進んでるそうじゃないか」

「なぜ知ってる？」

「ルベンが新しい鉄砲手に入れたって、昨日吹聴《ふいちょう》してまわってたんだよ。一度引金引けば三発弾丸《たま》が出るって」

「一緒にだろ。そんなの幾らもあるぜ。筒《つつ》が三本あってな、発火石も三個ついてるんだ。引金を引くと、それが一遍に火薬に火ィつけて、ドカンといくのだ」

　ハヤトの言葉に、母は首をふった。

「違うよ。一遍引くとつづけて三発出るんだってよ」

「そんなのあるかい。あったにしても、おれはおれのやり方を通す」

「鉄砲相手に革帯じゃ勝てないよ」

「なぜ昔から勝ち敗《ま》けにこだわる？　革帯が通じなきゃ、鉄砲をかっぱらってくりゃいいだろ。それで互角だ。一挺《ちょう》しかないんなら、こっちの勝ちだ」

　母親は黙った。かたわらで、祖母が声をひそめて笑っていた。

　庭へ出て伸びをした。花壇の花や麦畑も本来の色彩を取り戻している。

　庭の一角がハヤトの鍛錬場《たんれんじょう》であった。

　二〇キュビトばかり先に、人型の標的が立っていた。父がこしらえてくれた品である。初代はハヤトが三歳のときで、これは六十何代目かに当たる。この製作に関してだけは、ハヤトは父に心から感謝していた。

　布に詰めものをした等身大の人形である。中身は

——よくわからない。砂のような気も粘土のような気も水のような気もするのだが、ハヤトには見当もつかない。父に訊いてみても、まあそんなものだ、としか返って来ない。いつもそうだ。ハヤトが父を嫌いな理由のひとつはこれであった。

砂や水なら、布が破ければこぼれておしまいだが、そうもならない。何度も破れ目から内部《なか》を覗《のぞ》いたが、黒っぽい土とも粘土ともつかない物が見えただけだった。触《さ》わってもみた。弾力のある物質で、湿り気を帯びていたが、指に水気はつかなかった。

何で出来ているのか訊いてもはぐらかされるのがオチだから、ハヤトはもう尋《たず》ねず、今に到るまでその正体を知らない。

人形は木製の円台に直立不動で、その姿勢を維持するために、背中から一本、鉄の管が円台に固定されていた。

ハヤトは二〇キュビトの距離を置いて立った。

両肩のやや下に嵌《は》められた木製の環《わ》と四角いリングが、ハヤトの秘技——革帯打撃術を支える基礎であった。

右腕の帯は二つ折りにしてリングにかけられ、全長約四〇キュビト。ハヤトは片方の端を常に掌の真ん中まで垂らし、一瞬のうちに握りこみ、手首のひとひねりで抜き出せるよう修練を積んでいた。帯のもう一方の端には太さ〇・〇一キュビト、長さ〇・三キュビトほどの鉄の棒が縫《ぬ》いこんであり、これが対人戦闘における鉄拳にあたる。

ハヤトは人形の方に歩き出した。全くの自然体である。

一六キュビトまで来た途端、いきなり背を向けた。人形も度胆《どぎも》を抜かれたかも知れない。

回転と一緒に帯も流れた。

それは鉤《フック》の形で人形の顎《あご》を捉《とら》え、斜め後方に大きくのけぞらせた。

人間なら間違いなく頭骨の砕ける一撃であった。

ぎゅん、と奇妙な音をたてて、首は元に戻った。

その間にハヤトの身体は二転三転した。唸《うな》りをたてて飛翔《ひしょう》する革帯は喉《のど》と脇腹と鳩尾《みぞおち》にめりこみ、人形に三度の死を与えた。

ハヤトの動きは抜群の切れを見せた。否《いな》、転がったと見せて膝から上は地上に転がった。否、転がったと見せて膝から上は地上数チメ（一チメ＝一センチメートル）の距離を保っていた。

転がりつつ右手がふられた。

ぴゅっ、と空気が鳴った。

人形の首がまたものけぞった。

糸に引かれたように直立した身体が思いきり後方へ反って戻った。

彼は地上で拾った拳《こぶし》大の石を帯に包んで投擲《とうてき》した。人形の両肩が、わずかにタイミングをずらして背の方に廻った。ハヤトが着地するより、戻るほうが早かった。

首と両肩、両肘《ひじ》、そして腿のつけ根と膝、足首に仕込まれているのは鉄の発条《ばね》であった。父の手になるものだ。ハヤトどころか、村の誰も見たことのないこの部品は、〈都〉でのみ存在するとささやかれている。ハヤトの父は、それをあっさりと鋳造《ちゅうぞう》し、人形の各関節とその他数ヶ所に取りつけて、打撃を食らっても不死身な肉体を造り上げた。ハヤトの猛攻を食らっても、以前のように一度で首が飛び、交換などという事態は起こり得ない。他の部品は消耗《しょうもう》しても、これだけは二度換えただけの逸品であった。

だが、ハヤトの姿には凄まじい体術を誇《ほこ》る風も、百発百中の命中率に歓喜する様子もない。

身体が知らせたのだ。

前より遅い、と。

原因は、昨夜来の死闘だとわかっている。それをもってなし崩し的に良しとすることは、この若者の気概《きがい》が許さぬのであった。

だが、一瞬ゆるんだ表情は次の瞬間には新たな精《せい》悍《かん》を取り戻していた。戦いに間隙《かんげき》はなく、敵の攻撃

に逡巡《しゅんじゅん》はないのであった。

全身がふたたび発条と化す。ハヤトの意識は左手に移っていた。

そのとき、

「熱心なことだな」

およそこの場に似つかわしくない――どころかあってはならない声が、彼をふり向かせた。声の主が、うお、と呻いたほど迅速《じんそく》な、殺気に満ちた動きであった。

だが、向き合ったとき、ハヤトは尋常《じんじょう》な雰囲気を取り戻していた。声の主の正体に気がついたのである。恐るべき集中力と意識の転換であった。

「邪魔するなよ、親父」

敵意を隠さぬ声と視線の前で、ハヤトに劣《おと》らぬ長身の男が、頭を搔き搔き、

「村で何かあったようだな」

と言った。

「何も知らんほうがいいぜ」

とハヤトは返した。

「離れに入って一生を終えたらどうだ？　浮世のことは、おれたちに任せときな」

「そう言うな」

父――アギは苦笑を浮かべて、母屋の方へ顎をしゃくった。

「面白いものが出来た。何の役に立つのかよくわからんが、じきに大いなるヤハヴァが教えてくれるだろう」

「好き勝手なものをこしらえて、使い方は神さま次第か――先に行ってろ。もう少し練習してから行く」

「いいから来い」

アギは珍しく強い口調で言った。奇妙なもので、こうなるとハヤトは逆《さか》らえない――と言うか、軟化してしまう。

溜息ひとつ置き土産に、すでに家の中に消えた父の後を追った。

アギは居間へ入っても足を止めず、裏口から出て離れへと向かった。

「なぜ、脇から行かないんだよ?」

ハヤトは当然の問いを放つと、

「こっちのほうが近い」

それはそうだから、ハヤトはまた溜息をついて呆れ果てた。

縦横一〇〇キュビトもある離れの、ほぼ真ん中にある作業台の上に、それはあった。

「〈船〉か?」

訝《いぶか》しげな倅の視線のかたわらで、アギは、

「多分」

と返した。息子は父親へ視線を移して、

「自分でこしらえといて、何だかわからねえのかよ?」

と問い詰めたが、

「わからん」

きっぱりと言われて口を閉じた。


「だが、形からして、おまえの意見に間違いあるまい」

とアギはつづけた。その顔には好奇と歓びと凄絶《せいぜつ》な疲労が領土を広げていた。

彼は不意に歩き出し、そのものの先端——舳先《へさき》と思《おぼ》しい場所へ行き、さらに突き出た舐に似た部分に手をかけた。

「ここから艫《とも》(船尾)までが六キュビト、幅は三キュビト。表面には——」

と、人間が何とか収まるくらいの丸穴を指さし、

「それが四つ——つまり、四人乗りということだろう。しかし——」

ここで彼は言葉を途切らさざるを得ない。

そうだ。

ハヤトが引き継ぐ。

「どんな神さまだ? こんなおかしな形の〈船〉を作らせたのは? まるで、涙の粒みたいだぞ」

それは、窓から差し込む光に、黒い表皮を一片残

さず削り落とされた木肌をさらしつつ、ずんぐりとした「船体」を台上に横たえていた。

鈍重《どんじゅう》に見えぬのは、その両舷側に沿ってせり出し流れる隆起部であり、それは乗船用の足場では決してなく、一種、航海時に必要な品のようなものと思われた。それが底部にも二すじ走っていることを、ハヤトの位置から見ることは出来なかった。

「こんなものに乗ったら、正面から波を受けて進みもできないし、横波を食ったら一発で転倒だ。すぐに戻れるかどうかもわからねえ。これで漁に出ろってか？」

「そんな眼で父親を見るな。全てはヤハヴァの思し召しだ」

「こんなおかしなものをこしらえたせいで、あんた疲れて死ぬぞ。それもヤハヴァの思し召しか？」

「そうだ」

「村にもあんたみたいのが二、三人いる。そこに加わったらどうだい？　幸せな一生が送れるぞ」

「実にいい考えだ。その前に――乗ってみろ」

「何い？」

この応答の間《かん》に、父親の言葉の意図《いと》を理解しようとしたが、うまくいかなかった。

「こんなものに乗ってどうしようというんだ？」

「ここで乗れとは言わん。海へ出す」

「本気か、おい？」

「せっかくこしらえたんだ。成果を試してみるのが当然だろう」

「自分で乗ったらどうだ？」

「わしは大工だ。船乗りではない」

「おれも近い海専門だ。船乗りなら村の奴に頼め」

村や周辺集落の生活は漁で成り立っている。殆《ほとん》どが近海での漁で充分な糧《かて》を得られるが、男たちの中にはそれに飽き足らず、自ら大型船を建造し、遠い水の彼方《かなた》を目ざす者たちがあった。

その旅路は何十デにも及び、不安だけを胸に帰りを待ちわびる家族の下《もと》へ戻って来たときは、確かに近海で得ることのできぬ色とりどりの海産物や、醜悪とも巨大とも言いようのない奇怪な魚や海獣を積荷にしているのが常であった。

だが、彼らにしても、海の涯を見極めた者はひとりもおらず、ただひとり、サハフ爺さんだけが、狂気に澱《よど》んだ眼で、海の涯地の涯を目撃したと呪詛《じゅそ》のごとく唱え、それは呪いの言葉ではないかと人々を怯《おび》えさせた。

2

結局、ハヤトは父の要求を退けた。疲労と——共感できなかったせいである。

眠るつもりはなかった。中断した鍛錬を続行すべく庭へ向かう途中で、訪問者が玄関の扉を叩いた。

先に母が出た。ハヤトは見えない位置で耳を澄ませた。まともな相手とは限らない。

「あら!?」

母の驚きの声のすぐ後で、ごつい体型まで想像できそうな男の声が、

「倅がこちらの息子さんにご迷惑をかけたそうで。莫迦《ばか》な父親が詫《わ》びに参りました」

ちょっとお待ちを、と声をかけてから母がとんで来た。

「おまえ、村長《むらおさ》だよ。倅も一緒」

ハヤトとヤナイの関係は知っているから、さんはつけない。

ハヤトが出た。

四キュビトを超す村長は、よおと挨拶《あいさつ》してから、かたわらのヤナイの襟首《えりくび》を摑んで、ハヤトの前に突き出した。

うわ、とハヤトは胸中で呻いた。

もとから膨《ふく》れ気味の顔が倍に腫《は》れ上がっている。しかも、青痣《あおあざ》——内出血だらけだ。紫色した唇の間に覗くはずの歯は一本も見えない。

「おれの金箱から、また金をチョロまかしやがった

んでな。問い詰めたら、おまえにヤキ入れるために、〝動く死骸《ウデツト》〟使いを雇《やと》ったと吐きおった。その挙句《あげく》がしくじったそうだな。何をやらせても中途半端な恥知らずが」

いきなり地べたへ叩きつけた。ヤナイは悲鳴を上げて頭を押さえた。よくよく殴《なぐ》られつけているらしい。

「正直に言うが、親としてはこいつに勝って欲しかった。だが、そうなったとしても、こいつにはきつい罰を与える。わかってくれ」

「いいさ」

とハヤトは、少し同情の混じった眼差《まなざ》しをヤナイに送った。こいつがイカれた原因も何となくわかった。

「もう済んだことだ。おれは気にしてない。こいつがちょっかい出さなきゃおれも大人しくしてるさ」

「それなんだが」

と村長は唇を噛んで、

「どんな折檻《せっかん》しても、こいつはまた同じことをやる。執念《しゅうねん》深いのが、わが一族の血統なんだ。やめさせるには、両手両足をへし折るか、殺すかしかないが、親の身として骨を折るまではともかく殺しまでは出来ん。だから今後こいつとトラブったら、構わん、そうしてくれ」

「おい」

さすがに驚いた。

「おれに仕置きをさせる気か？　手足の骨を折って、ついでに殺しちまえと。ムシのいいことを言うな」

「そんなつもりはない。だが、おまえに迷惑をかけんようにするには、他に手がないのだ。あるか？」

「そんなことわかるかよ。けど——まあ、いい、今度絡んで来たら、そうしてやるよ」

「頼む。文句は言わん」

村長は明るい声で言った。

「そんなあ—親父よお」

と腿にすがりつくヤナイの顎に膝を入れ、

「てめえの撒《ま》いた種《たね》だ。てめえで刈り取れ」

と罵《ののし》った。ヤナイは返事をしなかった。つぶれた鼻から噴き出る血を押さえるのに精一杯だった。

情けなさそうにそれを見て、

「ハヤトに謝れ」

今度はでかい尻を蹴《け》った。よっぽど怖い親父らしく、ヤナイは鼻を押さえたまま、つぶれたような声で、悪かったと言った。

「――というわけだ。不満だろうが、今回はこれで勘弁《かんべん》してくれ」

村長はもう一度頭を下げ、ヤナイを蹴とばしてから帰れと命じた。ハンカチで鼻を押さえた倅が通りまで歩き去るのを待って、溜息をひとつつき、

「村長として、話がある」

と切り出し、浜へ下りようと誘った。

「いいよ」

ハヤトは鍛錬を諦《あきら》めた。

戸口を抜けるとき、

「おーや、村長さん」

居間から祖母が現われた。

「これはこれは」

村長が石に刻まれた隙間《すきま》みたいな眼を、さらに細くして、

「相変わらず元気だな――嬉《うれ》しいよ」

と笑いかけた。選挙のときさえ見せたことのない真情のこもった笑みに、ハヤトは昔、父から聞いたことを思い出した。

村長と祖母は、若いころ恋仲だったのだ。

「うちの大事な孫を、おかしなところへ連れてくんじゃないよ」

「わかってる。少し話をするだけだ。無事に返す」

「ほんじゃ、よろしくね」

ハヤトは村長を見つめた。

背を向けた祖母が台所へ消えるまで、彼は見送っていた。

「先に行くぜ」

声をかけて通りへ出た。ヤナイか新しいウデト使いが待ち伏せしていないとは限らない。じっくりと見廻し、気配を探ってから浜へ下りた。

村長は気にもしないで下りて来た。いつもより迫力に乏《とぼ》しい。

太陽はいつもの位置で、最もかがやく時刻《とき》を待っている。あと一ワー（一ワー＝一時間）ほどだ。

「この辺は平気だったようだな」

村長が低い声で言った。

「ああ。それでもジェリコの家族は殺られた。あの近所の海に抜け穴でもあるのかも知れねえ」

「もう人をやって潜らせてる。じきにわかるだろう。話というのはな、そのことにも関係してるんだ」

「〈海のものたち〉かい？」

「ああ。四デ前に、おれは外海の偵察に出た。そこで、あいつらの死骸を見かけたんだ」

「ふうん」

ハヤトは気のない返事をした。〈海のものたち〉が、他の生きものに殺られて浮かび上がることは稀《まれ》にある。あるなら珍しいことではなかった。

「今までとは比べものにならんくらい大量にだ。いちいち上げはしなかったが、見渡す限り一〇〇匹はいただろう」

「それは多いな。まとめて殺られたか」

「そうだ。それも凄まじい力を持つ相手だ。〈海のものたち〉が一〇〇匹いれば、まず勝てる生きものはいない。〈都〉の学者もそう言ってた」

ハヤトもこれは認めざるを得ない。〈海のものたち〉は集団で狩りをする。敵の牙を撥《は》ね返す鱗《うろこ》、石をも切り裂き噛み砕く爪と牙――ハヤトたちが知っている最大最凶の海獣は全長二〇〇キュビトに達する〈巨船魚《ダイジュク》〉だが、この海獣も十数匹の〈海のものたち〉の手で呆気《あっけ》なく仕留められてしまう。

彼らの狩り方は、一度つけた傷が浅かろうが深かろうが、そこに群がって牙を立て爪をふるい、強引に内臓まで潜りこんで、中身を食い荒らしてしまうのだ。海は直径一〇〇〇キュビトにわたって血に染まる。

だが、〈海のものたち〉を餌食《えじき》にする怪魚海獣も海にはごろごろいる。時折り目撃される死骸は、そいつらの手になるものだろう。

「もっと凄いのが出て来たんだな」

蒼い波を見ながらハヤトはつぶやいた。

五〇〇ヤー前
ホショクシャ
食い尽くすもの
まだ口にしないでおこうと思った。

「そうだ。おれの考えだが、昨夜〈海のものたち〉が急に上陸して来たのも、そいつに追われたか、餌を奪われたせいじゃないだろうか」

「かも、な」

と言ってから、

「どうして、おれにそんなことを話す？　副村長や、あんたの取り巻きとする話だろ」

「そいつがいると、また昨夜と同じことが起きる」

村長はそれまでと同じ口調で言ったが、ハヤトには充分にその差が理解できた。

「おれに退治しろってか？」

「――ひとりでとは言わん」

すぐに返って来た。待ち構えていたわけだ。

「真っ平だ。何のために警備団がいる？」

「彼らは常識内の相手しか何とかできない。〈海のものたち〉を一〇〇匹バラバラにできる化物など無理だ」

「おれならいいのか、おい？」

怒ったつもりが、あまり凄味は出なかった。先に呆れてしまったのだ。村長のくせに、なに言い出しやがる。

「他人の評判とは別に、おれもおまえを見ていた」

村長はそう切り出した。眼はやはり海の方を向いていた。

「これは別の何人かからも指摘されたことだが、おまえの暴力沙汰《ざた》をもっと激しく無茶苦茶にやらかして欲しいと言うんだな。そうすれば、誰も壊せなかったものが壊れるような気がする、と」

「何だい、そりゃ?」

ハヤトは狂人を見る眼つきになった。前からおかしな野郎だとは思っていたが、とうとう来やがったか。ま、倅《せがれ》があれじゃ仕様がねえ。

「おれも昔――学舎にいた頃には仲間と暴れたものだ。隣り村の学舎に乗りこんだり、暴れん坊どもに決闘を申し込んだりして、骨も何本か折った。理由は、多分この村で一生を終わるのが嫌だったんだろう。気障《きざ》な言い方をすれば、運命に逆らいたかったんだ」

海を見つめる村長の眼差しは、一層深く暗くなった。その眼に海は映っていない。空気を潤《うるお》わせ、人と船を呑《の》みこみ、〈海のものたち〉を育《はぐく》み、地上への糧を生んで、最初に生命を誕生させたとも言われる偉大なる海は村長の眼に映らない。彼に見えるのは、鳴き交わす海鳥と浜に沿って蜿々《えんえん》とつづく灰色の防波堤だけだ。この堤を越えて押し寄せる黒い巨大な波浪を、彼は昔見たことがあるのかも知れない。

「だが、おれたちの抵抗なんざ知れたもんだ。どうしたって勝てっこねえくらい、最初からわかってる。相手は運命って名前なんだからな。そのうち分別がついて、年齢に見合った責任てものを自覚せざるを得なくなる。どこの村でも〈町〉でも〈都〉でも、遊んでいられる人間なんてひとりもいないんだからな。まだ暴れ足りない奴らもいるが、そいつらだって虚《むな》しいことくらいわかってるんだ」

村長の横顔が、陽ざしの具合か、ひどく老けて見えることにハヤトは気がついた。何か言ったほうがいいかなと思ったとき、村長がひと息入れてこうつづけた。

「――ハヤトならやれそうだ、と言ったのは、そいつらだ。ひとりは〈都〉で官員を六人も殺して死刑になった男で、あとの三人のうち二人は暴力沙汰で獄につながれてる。一生出て来られないだろう。もうひとりは、嵐の晩に漁に出て行方知れずになった。一〇ヤー後に戻って来て、世界の涯を見て来たと言ってた。サハフ爺さんだ」

世界の涯には奈落なんかない。壁がある。

途方もなく巨大な壁がどこまでも広く、どこまでも高くそびえている。

毎日毎日、それだけを祈りのように唱えて爺さんは死んだ。本当に祈りだったのかも知れない。

「なあ、村長――おれが知っているのはサハフ爺さんだけだ。他の三人の顔ぐらい見たことはあるかも知れないけど、何の関係もねえ。そいつらがなぜおれのことを知ってる風な口を利く？」

「向こうは知ってたんだ。おまえの素行をな」

「おれはただ、何か面白くなくて暴れてただけだ。そいつらと変わらねえよ」

「彼らは違うと言った。おれもそう思う」

こいつあ何かある、とハヤトは合点した。おだててやがるんだ。それから、化物退治に海へ出ろ、と切り出すつもりなんだ。

「村長――悪いが、最初の話は」

「何処かが違う」

村長のひとことは、ハヤトを沈黙させた。

「他の若い奴らの暴れ方と、何処かが違うんだ。ずっと激しくずっと徹底してずっと優しい」

「優しい？　おれは餓鬼だって平気で脅すぞ」

「それは餓鬼のほうが悪い場合が殆どだと聞いてる。それに、そんなことはどうでもいい。おれや、他の連中が気にしているのは、おまえの運命だ」

「なんだ？」

「強い運命と言おう。これがおまえからいつも押し寄せてくる。特に暴れ廻っているときにな」

「そんなもんかなあ」

ハヤトは首を傾《かし》げた。他に反応する術《すべ》がなかった。相手はひとりで思いこみに浸り切っているのだ。

「強い運命なら、他の運命も乗り越えられるかも知れない。おれたちがおまえから感じたのは、多分、そういうことだ」

「それで化物退治に——」

「そうだ。そうすればおまえはまた別の運命を切り拓《ひら》くかも知れん」

難しいおべんちゃらを言うな、とハヤトは村長の横顔を睨みつけた。

サハフ爺さんだった。

え？　と思った途端、村長だと気づいた。

「いきなりの申し出だ。すぐ返事をしろとは言わん。少し考えてくれ。二、三デしたら返事を聞きに来る」

村長は、ハヤトの肩をひとつ叩いて去った。

3

家へ戻って、ハヤトは眠ることにした。鍛錬を続ける気力はあったが、どこか浮ついていた。

固いベッドに横になると、すぐ眠りに落ちた。

夕暮れどきに母に起こされた。

何か夢を見たような気もするが、覚えていなかった。

「起こせってよ」

今度は村長クラスの訪問ではなかった。

鉄の胸当てと関節プロテクターを着け、尖《とが》った兜《かぶと》を乗せた男——腰の剣も鉄の鞘《さや》に落としている。

〈都〉の兵隊だ。

玄関に立つ彼の背後には、たそがれの光を浴びる馬とその背にまたがる兵たちが見えた。一〇人以上いる。

左胸の刃《やいば》と矢一本の浮き彫りは、兵士長だ。最小単位の小隊を率《ひき》いる。

「ハヤトとはおまえか？」

「ああ」

「はいと言わんか!?」

兵士長は喚いた。

「ああ」

「貴様《きさま》あ」

「ああ」

兵士長の手が剣の柄《つか》にかかった。

「自分に従わない者は、三度糾弾《きゅうだん》して四度目に斬り殺すことが認められている、か」

ハヤトはせせら笑った。

「よしな。いまおれを斬ると、あんたと〈都〉にとって一生の損だぞ。本当の用件を話して、とっととと出て行け」

出て行けと言っても、相手は玄関の一歩外だ。

「この餓鬼め、警備兵を舐《な》めて後で吠《ほ》え面《づら》かくな」

四〇過ぎと思しい男は、厚めの唇を歪めて低い声を絞り出した。

「ハヤト・バスクはおまえだな？」

「そうだ」

「大罪人が、昨夜、おまえが働いている旅籠に泊まったとの知らせが入った。おまえと親しげに話していたともな。名はバルジ。何処にいる？」

「知らねえな」

ハヤトは抗戦を決めていた。その後のトラブルなど考えもしなかった。

「そんな名前、聞いたこともねえ。ガセねただよ」

男は歯を剝いた。

「どこまでも図に乗りおって。貴様、〈都〉の大法廷へ召喚《しょうかん》してやろうか？」

「好きにしな。それより、こんなところで油を売ってる暇があったら、そのバジルだかバルジだかいうのを捜しに行ったほうがいいんじゃねえのか。ほおら、逃げちまうぜ」

「貴様……必ずまた来るぞ」

「ああ、愉しみに待ってるぜ。そうだ、おい、そいつは一体何をやらかしたんだ？　ただの盗みや殺しで〈都〉の警備兵が出てくるはずがねえ。国長《くにおさ》の——」

女房でもかっぱらっちまったのか？　と言うところを、さすがに危《ヤバ》いと思ったか、

「——宝物《たからもの》でも盗み出したのか？」

男は無視しようとしたが、三歩進んだところでふり返り、

「教えてやろう」

と言った。うす笑いを浮かべていた。

「ろくでもない噂《うわさ》を流したのだ。この世の涯には、神が造りたもうた巨大な奈落があって、海水はそこに流れこんでいる。誰でも知っておることだ。ところが奴はこう言っておるらしい。世の涯に奈落などはない。この世の涯にそびえるのは途方もなく巨大な壁であり、その向こうには別の世界があるのだ。そして、この世も向こうの世界も、神などがこしらえたのではなく——」

ここが鍵だと男は大きく息を吸いこんだ。だが、それは声にはならなかった。

背後に並んだ兵たちの後ろから、蹄《ひづめ》の轟きが急速に近づき、土煙を上げて急停止するや、

「らしい奴を見つけたぞ！」

と叫んだ。

騒然《そうぜん》たる空気が兵たちを包み、男も馬に駆け寄った。

どこだ、どこだ。問う声に新参者《しんざんもの》が、

「ベザレレの村だ」

と指さし、一同は一斉に走り出した。一〇頭を超す馬の立てる足音は、地響きに等しかった。

それが熄むと、ハヤトは外へ出て周囲を眺め、家の中に戻って扉を閉めた。

みな居間にいた。一同を見廻し、

「厄介《やっかい》なことになった」

と、実に的確な表現をした。少しも悪びれていな

い。

「おれがバルジさんと一緒にいたのは確かだ。多分、〈都〉の大法廷に召喚されるだろう。みんなに迷惑はかけられない。おれは廃縁《はいえん》にしてくれ」

羊皮紙《ようひし》一枚に、その旨《むね》を記入し、当人と家族全員乃至《ないし》代表者がサインすれば、血のつながりは切れ、ハヤトは「流浪者《るろうしゃ》」となるのだった。

三人の顔に動揺の色が走ったが、ハヤト以外の人間が言い出すよりは遥かに少なくて済んだ。先刻の兵とのやり取りは勿論《もちろん》これまでの彼の生き方から、いつかこんな日が来ると、宿命論的な思いを抱いていたのである。

「おまえ——もう少し考えなさい」

と母が咎《とが》めるように言った。いちばんオロオロしている。

「バルジさんなんか知らないと言い張って——」

「真っ平だ。おれはロクでもない乱暴者だけど、卑《ひ》怯者《きょうもの》じゃねえ」

「また、変にカッコつけて——お義母《かあ》さん、なぜ拍手なんかしてるのよ。この子にはこれから働いてもらわなくちゃならないのよ」

「おやまあ。いつの間にか、子供の人生を自分のために使えという親になっちまったんだね、コトレ。あたしもお祖父《じい》さんも、あんたを嫁に貰《もら》うときに言ったはずだよ。好きに生きたいんなら、家《うち》へ来るのはおよし。亭主や子供の自由を奪いそうになったら、その場で廃縁するってね。出てくかい？」

「お義母さん——何てこと言うの⁉」

「言いたくなんかないさ。あんたが勘違いしなけりゃね」

「もうやめろ」

ハヤトはうんざりしたように言った。

「親父——どうなんだ？　おれがいなくなると困るか？　けど、どっちにしても、おれが引っ張られりゃみんなに累《るい》が及ぶし、大法廷に連れてかれたら、戻って来られるかどうかわからねえ。みんなだって同じだ。なら、ここで別れるのがいちばんだろ」

言いながら、ハヤトは自分がひどい冷血漢《れいけつかん》になったような気がした。父母はもちろん、あれほど好きだった祖母と別れることにも、感傷のひとかけらも感じられないのだった。

「そうしよう」

あっさりと言ったのは父だった。

「あんた⁉」

呆然《ぼうぜん》と見つめる母へ、

「諦めろ、コトレ。この子はあらゆるしがらみから解き放たれて、行動すべき人間だ。今までおれたちと一緒にいたのは、ヤハヴァの意志だろう」

「なに、おかしな理解してるのよ。あたしたちの子よ。それがいきなり親でも子でもなくなって出て行くなんて——勝手すぎるじゃないの」

父——アギは頭をふった。

「コトレ、おれは廃離《はいり》の制度すら、ひょっとしたら、今日のために作られたような気がするんだ」

「ちょっと——気は確か？　どんどんおかしくなってない？　ハヤト、あんたもなに自分とは関係ないって顔してるのよ。そんなに冷たい子だとは思わなかったわ。急に神さまのお告げで、なんて言い出すんじゃないでしょうね」

ハヤトは沈黙を維持していた。数ミン前なら、莫迦なことと一笑に付したものが、今はそうかも知れないとさえ思われた。

彼は冷やかに家族を見つめ、これからの自分の生き方を思案しているのだった。

「廃縁のことは、みんなよく考えてくれ。おれはバルジさんと会う」

「来れるかね？」

祖母が眉《まゆ》をひそめた。

「なんだか、大捕物みたいだよ。あの人、何をやらかしたんだろうね」

おかしなことを言いふらしたのだ。

世界の涯は壁であり、その壁の向こうには別の世界がある。そして、壁もその向こうの世界も、神が作ったのではなく――

誰だ？

頭が石に化けたような気がした。その石の真ん中に、小さな亀裂《きれつ》が生じた。

そこから、あの声が洩れてくる。

ハヤトは耳を澄ませた。

だが、声は理解のレベルに到達する前に消え、彼はただひとり、居間の中に立っていた。

家族はここにいる。それぞれの思いをこめた視線がハヤトの胸で頭で鳩尾で弾《はじ》けた。

彼は頭をふって言った。

「悪いけど、ひとりにさせてもらう」

固いベッドに横になっても、動揺は不思議なくらい感じられなかった。扉を閉めても母のすすり泣く声が聞こえた。それさえ無視できた。

それでも、ふと珍しい顔が浮かんだ。

「おや、兄貴」

兄ヤアレは、四ヤーと半ヤー前、戻らぬ漁に出たときと同じ姿でハヤトを見つめていた。

「済まねえな、兄貴、今夜はじめて、兄貴がいてくれたらなあと思ったよ」

仲が良いと思われていたし、ハヤト自身もそう感じていた兄の姿を、あの日以来、滅多に思い出すこともなかった。

――おれには他人への思いというのが、あまりないらしい
子供の頃から薄々感じていたそれは、兄の死に到って鮮明となった。他人を意識的に避けるようにしたのもその頃からである。

そんな心情の持ち主でも、今日は兄を呼んだ。

「手間を取らせて済まんな。もういいんだ、戻ってくれ」

ハヤトは眼を閉じ、少しして開いた。ヤアレはもういなかった。母の泣き声だけが続いていた。珍し

く父がなだめている。ハヤトは黙ってそれを聞いた。

　取るべき道はもう決まっているのだった。


　眠りこんでいたようだ。

　硬い音が南向きの窓を叩いている。他に音もない。みな眠る時間だと、ハヤトの身体が教えた。

　ナイフを摑んでベッドを下り、窓辺へ近づいて、

「誰だ？」

と訊いた。

「起きてるか？」

　バルジの声だった。

「無事でしたか。役人が家まで来ました。何をやらかしたんですか？」

　ハヤトも声をひそめた。

「おれのミスだ。酒はいかんな。口が軽くなる」

「いま、扉を開けます」

「いや、離れのほうがいい」

「よく知ってますね」

「長いつき合いだからな」

　新鮮な驚きがハヤトを一撃した。

　五ヤー前に一度――それだけのつき合いだと思っていた。

　何をしている人だと訊いても父は答えず、訪問したときの印象から、親しそうだよとふっても、返事をしなかった。

　その風貌《ふうぼう》や推定年齢から、昔の父の友人だろうとハヤトも兄も自分を納得させた。二人の知る漁師や〈山岳地帯〉の木樵《きこり》や獣射ち、〈都〉の兵たちとも異なる異形《いぎよう》の精悍さが、いつまでも胸に残った。それは、二度と会うことはないと子供ごころに感じたせいかも知れなかった。

　家に立ち寄った放浪者たちがふたたび訪れることは二度となかったのだ。

　それなのに。

　長いつき合いだ。

この人は何者だ？

沈んでいた胸に、好奇の炎が燃え上がった。

「じゃあ、廻って下さい。鍵を持って出ます」

数ミン後、ハヤトはいちばん会いたいと願っていた男と、テーブルをはさんで対峙《たいじ》した。

第五章　召《しよう》喚《かん》

1

役人に追われているという境遇を、バルジがさして気にしていないのは、すぐにわかった。

　自分が身を隠しているのは、ハヤトの一家に迷惑をかけるのを怖《おそ》れてのことだという言葉を、ハヤトは疑いもしなかった。

「でも、無茶なことを言っちまったよね。この世界の涯《はて》が壁だなんて」

「——その向こうにも別の世界がある、なんてな」

　石のように干《ひ》からびて見える唇が浮かべた不敵《ふてき》な微笑《ほほえ》みに、ハヤトは嬉《うれ》しくなった。〈都〉の役人の残忍《ざんにん》厳格さは国中に知れ渡っている。冷酷極《きわ》まりない破落戸《ごろつき》や放浪者といえど、その追及の手から逃れ得た例はひとつもない。その後は——捕われるよりはと、死を賭《と》しての反撃を逃亡者たちに選ばせる尋《じん》問《もん》と拷問《ごうもん》の日々が待っている。

　どう見ても、バルジはそれを気にも留めていない——どころか、そんなことがあるとは知らない——無知のようであった。

　離れの壁が音をたてても眉《まゆ》ひとすじ動かさず、却《かえ》ってハヤトが気にすると、

「銛《もり》か何かが倒れたんだ」

　念のためにと覗《のぞ》きに出ると、その通りであった。

　この人なら、どんな予言もしかねないな。感心してそう言うと、

「いや、おれの欠点はそこだ。えらい目に遭った」

　と頭を掻《か》いたりして、ハヤトをますます感服させるのだった。

「前から思ってたんだけど、〈都〉の連中はどうして世界の涯について、あんなに気にするんですかね。本気で壁があると思ってるんでしょうか？」

「いや。見たこともあるまい」

「じゃあ、ただ怖がってるだけ？」

「迷信とか禁忌《きんき》とかいうのはそんなものだ。幻だけ

に怯《おび》えていればいい。真実を見ちゃならんのだ」

「どうして？」

「お偉方はそのほうが都合がいいからさ」

「わからない」

ハヤトは正直に洩《も》らした。

「世界の涯が、世界中の水が音をたてて流れ落ちる大奈落《だいならく》としておけば、みなこの土地から出て行こうとはしない。黙って魚を獲《と》り、獣《けもの》を狩って、穀物《こくもつ》を育てる――この循環《じゅんかん》を繰り返す限り、〈都〉のお偉方は楽に生きていける。奴らが食うために労働をしたなんて聞いたことがあるか？」

「無いよ」

「それでいいのか？　おまえたちは、〇・一キュビト（一キュビト＝約五〇センチ）下は何がいるかわからぬ海の上で、生命を懸《か》けて魚を獲っている。〈山岳地帯〉の連中も獣相手に同じ苦労をしている。対して、〈都〉の連中は何もせず、それらを飲食するばかりだ」


「けど、それは昔からそういうもんだって――」

ハヤトは曖昧《あいまい》な言い方をした。バルジはそれを見逃さなかった。

「腹が立たないのか？」

「いや、その」

「どうなんだ？」

「そら、腹は立つけど、おれにはどうでもいいんだ」

「ほお」

愉《たの》しげな笑い顔の中で、眼だけが不気味な光を帯びた。ハヤトの胃が重くなるような声が、

「どうしてだ？」

「わからねえ。ただ、昔からそう感じてた」

「そんなちっぽけなこと、どうでもいい――と？」

違うよ、と手をふりかけ、ハヤトは、それこそ違うと気がついた。しかし、うまく説明する言葉が見つからなかった。

バルジは静かに若い顔を見つめて言った。

「そういう男が出てくるのを怖れているんだ、〈都〉は」

「は？」

「波の音――いいな」

バルジは眼を閉じた。

胸中のゆらぎを何とか抑えて、

「いいけど、昨夜から少しおかしいですよ」

「――何がだ？」

「打ち寄せる回数がいつもより多いし、浜の奥まで入ってくるのが深すぎます」

「何故《なぜ》だと思う？」

「わからねえ。ひょっとしたら、水が増えたんじゃないかな」

バルジは重々しくうなずいた。

「ここへ来るまでに一〇人以上に同じ質問をした。誰ひとり気がついていなかった。おれの見込んだとおりだ」

「――何を？」

「おまえだ。だが、これ以上詳しい話はやめておこう。無知なら答えなくて済む」

ハヤトはつぶれたような表情をバルジに向けた。何を言っているのか見当もつかなかった。

「ここへ来た役人たちはいずれ戻って来る。そして、おまえは〈都〉へと召喚《しょうかん》されて、尋問を受けるだろう。そのとき、何も知らんほうがいい。とりあえずは無事に戻って来れる」

「とりあえずって――」

「だから、それ以上は訊《き》くな。役人が来なければ、もう少し詳しい話をするつもりだったのだが、いまはおまえの守りを第一に考えなくてはならん」

「おれの守り？　役人からですか？」

「この世界からだ」

ハヤトは頭を抱《かか》えたくなった。

バルジが不意に立ち上がった。離れの一角に凄《すさ》まじい眼差《まなざ》しを送る。

父――アギがこしらえた〈船〉がランプの光も届

かぬ闇《やみ》に包まれていた。バルジにはそれがはっきりと見えるらしかった。

「親父さんが造ったのか？」

「そうです」

「やっぱり親子だな」

「どういう意味ですか？」

「血は争えないということだ」

バルジは立ち上がって、〈船〉のところへ行った。

船体を貫くように凝視する顔を見ているうちに、ハヤトは眼を丸くした。

「バルジさん……」

「どうした？」

「眼が青く光ってる」

「ああこれか。義眼だ。造りものの眼だよ。光るのは特別な物体を仕込んであるからだ。大抵の奴はびっくりするからな。まあハッタリだ」

「あんたに関しちゃ、そう思えません」

バルジは苦笑して〈船〉に戻った。


五ミン（一ミン＝約一分）ほどでハヤトのところへやって来て、

「大したものだ。乗ったことは？」

「ない」

「勿体《もったい》ない。早いところ操《あやつ》り方を覚えておけ」

ハヤトは下唇を突き出して、曖昧な返事に代えた。正直をいうと、自分もそうしたいのだ。

「しかし、こんなおかしな〈船〉で、海を乗り切れるのかな？」

「これは海を乗り切るんじゃない。海の中を乗り切るんだ」

「はあ？」

「海の上には敵が多すぎる。荒波、大風、落雷――だが、海の中なら別だ」

「そらそうだ。けど、呼吸《いき》はどうするんだ？」

バルジは黙って、〈船〉の方へ顎《あご》をしゃくった。

二キュビトばかり離れたところに、楕円形《だえんけい》の筒が三本無造作に立てかけてあった。ハヤトも気づいていたが、意識しないようにしていた品だ。最近の父の品物に関わるとロクなことがない。

「あの中に酸素――というか空気と同じものを詰めるんだ。それを吸って吐き出せば、海の中でも呼吸が出来る」

「空気を詰める？　あの筒に？　バルジさん、もう少しわかるように話してくれ。いや、その前に――あんた一体、誰なんです？」

「道標《みちしるべ》だ」

「え？」

鼓膜《こまく》に当たった声は、かなり低く小さく、それにふさわしくすぐに消えてしまった。訊き返しても返事はなく、

「父さんは上手だな」

と言葉が浮いた。

それはハヤトの記憶の鍵穴《かぎあな》に差し込まれ、九〇度回転して鍵《キイ》を開放した。

「ひょっとしたら――親父にこれを造らせたのは、あんたか？　五ヤー（一ヤー＝一年）前――そのために家へ？」

気にもしなかった訪問の理由だった。

「みな忘れろ。それからこれは――」

とずんぐりした外殻《がいかく》を撫《な》でて、

「隠しておいたほうがいい。これから持って出よう。あの筒もだ」

「何処《どこ》へ？」

ハヤトは眼が開きっ放しなのを意識した。

波の音は間違いなく、いつもより近く、頻繁《ひんぱん》であった。

ハヤトが馬車を出した。ハヤトにいちばん懐《なつ》いている馬たちは、少しも騒がず馬車につながれた。家族が眠ったのは確かめてある。いちばん眠りの浅い母でも気づくまい。

ハヤトは家のすぐ下の海岸へ行くのかと思ったが、バルジは岬のほうが隠しやすいと言った。確か

に岩礁《がんしょう》が多く、この〈船〉くらい沈めておく場所には困らない。

一〇ミンほど走ると道は二本に分かれた。一本は岬の下へと下りる。

下り切るとすぐ、黒い岩と白い波の情景が眼の前に広がった。

「やっぱり大きいな」

とハヤトは眉を寄せた。

下り切った道の左右は岩の壁が迫っている。そこから鉄の輪が何本も突き出て、上までつづいていた。

三〇〇ヤーほど前に小さな津波が襲ったとき、海浜授業に来ていた子供たちが三〇人以上、水に呑まれた。村では縄を巻きつけた鉄輪を打ち込み、二度と津波に引かれぬよう摑《つか》まれと教えた。

すでに縄はない。錆《さ》びた鉄輪だけが残っている。何本打ち込まれたのか知る者もいない。

鉄輪の一本にロープで馬をつなぎ、二人は〈船〉を下ろした。思った以上の重量に、ハヤトは馬車に積んだときから驚きっ放しだった。

「岬のちょうど下がいいな」

ハヤトは驚いてバルジを見つめた。

「どうして知ってるんです？」

この〈船〉を見たときから、専用の港なら、こ、こ、だと思っていた岩場が、そこにある。

「何度も来てるからな」

「――何度も？」

「おっと、これ以上は一切《いっさい》しゃべらん。おまえも訊くな」

「わかりました」

二人して目的地へ〈船〉を運ぶのは、それなりに緊張を強《し》いられる作業だった。波は岩場を洗い、足首を摑んで沖へ引きずろうとする。こういう場合、ごつい岩が滑《すべ》り止めになった。

黒い岩が縦横《たてよこ》二〇キュビトばかりの水面を囲んでいる場所で、ハヤトは足を止めた。その足首を黒い水が掬《すく》おうと絡《から》みつく。

「沈めよう」

ハヤトは息もつかずに言った。

空気筒の重さもあって、〈船〉はさしたる抵抗も見せず、黒い水の中に沈んでいった。

「いつまで保《も》つかな?」

「おまえが〈都〉から戻るまでは大丈夫だ」

「〈都〉の裁判はいい加減だそうです。濡《ぬ》れぎぬを着せられて、戻れないかも知れない」

「一〇ヤーか二〇ヤーくらいはへっちゃらだ」

「そんなに〈都〉にいたくないんですが」

冗談じゃねえや、と罵《ののし》りたかった。

「嫌いか?」

「ええ」

一〇ヤー以上前に一度、学舎の修学行で訪問した国の首都は、無闇《むやみ》に大きな建物ばかりがそびえる、人の少ない場所だった。

「みなが入れる施設はひとつだけだ」

と引率《いんそつ》の教師は勿体ぶって伝え、どんな場所かと尋《たず》ねる子供たちに、

「海を支配するところだ」

と答えた。子供たちの多くは、支配できるなら、津波も〈海のものたち《シーソ》〉もやっつけろとその場で陰口を叩き合ったものだ。

それを後悔させたのは、訪問先の巨大なスケールだった。

干し煉瓦《れんが》を重ねた建物は、天井まで一〇〇キュビトはあり、ハヤトたちが入った戸口からその向こう側までは遠すぎて確認できなかった。それに驚くよりも、子供たちは左右で活動する途方もない木製の巨腕に度胆《どぎも》を抜かされる羽目《はめ》になった。

腕は太さ二〇キュビトもありそうな巨木を三本、太い針金で巻いたもので、長さは一〇〇キュビトを超えていた。

見上げると、天井を一本の鉄の棒が横に渡っていた。棒は腕の端についた鉄の輪を貫き、棒が一回転

するごとに腕は持ち上がり、こちらもぐるんと廻ってもとの位置に戻るのであった。

　ハヤトたちを虚脱状態に陥《おとしい》れたのは、その輪が左右互い違いに眼の届く限りつづいていることで、その全てが巨木の腕の下に設《もう》けられた、これも涯のわからない灰色の水の広がりに突きこんで、激しく攪拌《かくはん》していた。

　水は狂う。途方もない大きさの波がハヤトたちに襲いかかり、何人かは悲鳴を上げて床《ゆか》に伏せ、もっと多くの者が戸口へと走った。

　ハヤトがその場に残った理由は自分でもわからない。

　怒濤《どとう》は彼にも通路にも届かなかった。灰色の水は、ハヤトの遥《はる》か向こうで見えない壁にぶつかり、反転し、渦《うず》を巻いて繰《く》り返し襲いかかって来た。

「いい度胸をしているな」

　感心したようにハヤトの肩を叩いたのは、教師ではなく、施設の門で迎えた係員だった。

「あれ――何です？」

　ハヤトは波を防いだものについて尋ねたのだが、係員はその手前の機構そのものと解釈したらしい。

「あれでな、海に流れを起こしているんだ」

「海に流れ？　潮のことですか？」

「そうだ」

　ハヤトは呆然《ぼうぜん》としていたに違いない。係員は少し笑って、

「おまえなら、いつかわかるようになるかも知れんな。或《あ》いは他の奴らのように、何も知らずに一生を終えてしまうかも知れんが」

　何か訊きたい、とハヤトは思った。

　しかし、それは少しも形を取らず、係員もそれ以上は口を開かずに皆を集めて先へと進んでいった。他にも何かを見たような気もするが、覚えていない。

　地上に戻ると、仲間たちはろくに歩くことも出来ず、施設に付属する病院へ送りこまれる者も出た。

ここで見た光景は、彼らの持つ〈海〉のイメージを根こそぎ変えてしまうほどのものだったのである。

人間《ひと》が〈海の流れ〉を作っている、と聞いたのはハヤトひとりであったが、人の手が〈海〉へ挑《いど》み、その一部を担《にな》っていることは誰の眼にも明らかだった。

このせいで残る〈都〉の見学は殆《ほとん》ど虚《うつ》ろな精神状態の下に行なわれ、誰もろくすっぽ記憶に留めていないという体《てい》たらくに終わった。

王宮や兵士たちの訓練場、武器庫、祭祀《さいし》場、盛《さか》り場等も廻ったが、どれもあの海を攪拌する巨腕に比《ひ》肩《けん》するものはなかった。

建物はなりだけが大きく、みな同じ形をしていた。通りは丸太をならべ、その上に板と土を載せて、田舎《いなか》のような凹凸《おうとつ》を避《さ》けていたが、それだけのものだった。ハヤトを驚かせたのは、人の少なさだった。

それなりに広い通りに人影や馬車の往来は絶えなかったが、これなら村々の大通りのほうがましだと思うくらいだった。

理由はすぐにわかった。

その日のうちに、ハヤトは一〇回以上、単なる通行人としか見えない人々が兵士の尋問を受け、その殆どが有無《うむ》を言わさず護送馬車へ収容され、連行されるのを目撃したのである。

「何をしでかしたんだい、あれ?」

ハヤトの問いに教師はうす笑いを浮かべて、

「きっと何もしていない。何もしていなくても、兵士たちは彼らを捕まえることができるというのを示す必要があるのだ」

「なんでだよ?」

「彼らは〈国長《くにおさ》〉の下僕《げぼく》だからだ」

「おれたちは何なんだ?」

「それ以下のものだ」

「…………」

「兵になりたければ、なれるぞ。学舎の舎長《しゃおさ》の推薦《すいせん》が取れれば、試験が受けられる。それに通れ。次の日からおまえは兵士だ」

「先生より偉いのかい？」

「そうだ」

「なら、なるかな」

と嫌味ったらしく言ってから、

「随分《ずいぶん》と人が少ねえな」

と言った。

「ああ、もともとこの国に人は少ないんだ。それでも、おれたちの〈村〉よりはましだ」

「これなら、占領できそうだな」

「莫迦《ばか》なことを」

教師は鼻であしらい、ぞっとしたような眼で見つめた。

「おまえ——まさか」

「冗談だよ」

こんなところを占領してどうなる？　こっちの腹の中まで腐《くさ》っちまいそうだ。

2

船体が完全に没したのを確かめてから、二人は馬車で坂道を上がった。

一〇〇〇キュビトほど戻ったところで、

「来たぞ」

とバルジが低く告げた。だからどうしろという口調ではなかった。変わらぬ口調で、

「おれは捕まるわけにはいかん。捕まってもどうということはないがな」

どうするんです？　と訊く前に、バルジは馬車を降りた。

「おれはおまえを知らん。おまえもだ。出来るだけ離れろ」

バルジは馬の尻を叩いた。ハヤトが制禦《せいぎょ》する前に馬車は走り出した。

一〇〇キュビトばかりのところで、前方からやっ

て来た騎馬隊と遭遇《そうぐう》した。

「いたぞ！」

ハヤトは溜息《ためいき》をつきたくなった。家でやり合った兵士だ。これで〈都〉への召喚は決まったようなものだ。

狭い道である。兵士たちは馬車の前後を固めた。

「バルジは何処だ？」

「知らねえな」

「嘘《うそ》をつくな。おまえと一緒に岬へ行ったのを見た者がいるんだ。隠し立てすると、容赦《ようしや》なく〈都〉行きだぞ」

「知らねえものは知らねえよ。〈都〉へでも何処でも連れて行け」

「よし——二人残ってこいつを見張れ。あとは岬だ」

馬車の脇を一斉《いつせい》に走り去る鉄蹄《てつてい》の響きは、ハヤトの胸に虚ろに響いた。

不安といえばいえる。

だが、それはバルジに対するものではなかった。

バルジは岬の下の岩場を、海岸線に沿って、ハヤトの村とは逆の方向へ進んでいた。

兵士との遭遇は避けるつもりだが、やむを得ずそうなれば、血を見ずにはおくまい。

岬へつづく崖上《がけ》の道を、騎馬の集団のどよめきが通りすぎて行った。

兵士団と闘《や》り合うつもりはなかった。ハヤトへのとばっちりを怖れたのである。

崖の下に遠浅の砂地はないが、密集した岩礁の上を選んで歩けば何とか前進可能だ。バルジの足の裏には眼がついているようであった。一度の停滞も躊躇《ちゆうちよ》もなく、一度も足下を確認せず、彼は平坦な大地を行くがごとく進んだ。

あと四〇〇キュビトも進めば、街道へと昇る細い道がある。そこから森へ入ってしまえば、兵たちの眼で自分を捕えることなど不可能だ。

彼はうすく笑った。

それが消えたのは、黒い海原《うなばら》に近い眼の隅《すみ》に、こちらへ近づきつつある波頭を認めたからであった。

――やはり、いたか
バルジは足を速めた。

徒歩は疾走《しっそう》に変わった。

波頭もそれに応じた。

真っしぐらに進んで来たものが、方向を転じてバルジと並走に移る。

――あの波頭だと〈屍人《しびと》食らい〉か〈覗き魚〉。

少々厄介だな
どちらも岸近くに棲息《せいそく》する魚ではなかった。深海でプランクトンを摂取《せっしゅ》していたのが、溺死者《できししゃ》の肉を食らって人の味を覚え、さらに多量の肉を求めて海面近く、そして、海辺へとやって来たに違いない。

だが、どちらも防波堤を通過する力はないはずだ。

何かが破ったのだ。

前方に傾斜面をほぼ垂直に走る小道が見えて来た。

バルジは速度を増した。

不意に右の足底の支えが崩れた。一瞬、左足に全体重を移したが、その岩も砕け、彼は腰まで水しぶきに包まれていた。

一気に浮上に移る。

崖ではなく、海の方を見た。

ぐんぐん近づいてくる。

「危《ヤバ》い」

バルジは右手を突き出し、人さし指で狙いをつけた。

波がのしかかって来るその向こうに、奇怪《きっかい》な兜《かぶと》のような顔が見えた。

〈覗き魚〉

真紅の光条が水とその下の顔とを貫いた。水蒸気が上がり、波がぶつかる寸前、その内側のものは大きく身を翻《ひるがえ》した。

崖から退いた波の第二波が襲ってくる前に、バルジはつづけざまに真紅の光条を送った。

それは正確に二〇キュビトずつ水蒸気を噴き上げ、四〇〇キュビトの彼方《かなた》まで達した。

敵もすぐ近づいては来ない。

バルジは新しい岩場を探り当て、両足で踏んばると、思いきり跳躍《ちょうやく》した。

どう見ても三〇〇スオ（一スオ＝約1／3キログラム）近い身体が水の重さを突き破って軽々と小道に着地する。

沖合三〇〇キュビトほどの地点から、黒いすじが飛んで来た。二本。

バルジは空中へ舞った。

一本は躱《かわ》したが、二本目は右の足首に巻きついた。

〈覗き魚〉の締《し》めである。〈海のものたち〉など瞬時に窒息《ちっそく》し、二つにちぎれてしまう。

締めつける力が、引き戻しに変わる前に、バルジの右手から赤光《しゃっこう》が閃《ひらめ》いた。

一〇〇万度の超高熱に切断されたすじが波間へ消える前に、襲いかかって来たもう一本も蒸発させてしまう。

ひと跳びふた跳び——瞬《また》く間《ま》に道の半ばに着地したバルジは、すぐ海の異変に気がついた。

すじの飛翔《ひしょう》した海面付近が波立ち、四方へ白い波頭を広げていくその中に、異なる色彩《いろ》を帯びた二つの異形《いぎょう》が見え隠れしていた。

最初にはっきりと見えたのは、赤い甲羅《こうら》で覆われた胴と、これも甲殻《こうかく》の腕の先に付いた巨大な鋏《はさみ》であった。胴体ごと水中に没する寸前、鋏は一度だけ噛《か》み合って、甲羅よりややうすい火花がとんだ。硬い響きがバルジの耳まで届いた。

鋏はまた現われた。これは最初のものよりずっとごつい青黒い鋏で、全体的に滑《なめ》らかだった前者に比べて、棘《とげ》状の鋭い突起物が防禦帯のように密集していた。

それを観察する暇も与えず、青黒い二本目が、ゆっくりと持ち上がった。鈍重で震えさえ伴う動きの理由は、それにつづいて海中から現われたものが明らかにした。

岩の塊《かたま》りとしか思えぬ赤い貌《かお》は、胸との境目《さかいめ》に暗い鋏を食いこませていた。深海で棲息すべく、途方もない圧力に耐え得るよう神が与えたその甲殻は、難なく凶器の圧搾《あっさく》に耐え抜き、左右に胴と首とをふりながら、中央やや下の突起物を、六枚の花弁のごとく開いた。後に生じた孔《あな》から噴出したものは、赤いすじであった。青黒い生物の残った鋏がそれを断とうと作動する前に、すじは二本の鋏の中間に当たる水中へと没した。

それは敵の甲殻を貫くための槍《やり》ともいうべき、殻質の武器だったに違いない。

バルジの眼は黒い水の底から浮き上がった赤い水泡を捉《とら》えた。すじが勢いよく跳ね戻ると、水泡は次々に浮上し、水面で砕け散った。黒い海の血潮は、なおも狂乱する波に乗って岸へと押し寄せた。

岩状の頭部から青黒い鋏が離れ、水中に没した。波が動きを変え、その奥から生物というより、突起物だらけの船舶に似た形が浮かび上がって来た。

「出たな、〈覗き魚〉」

バルジは足の痛みを思い出したように、圧搾箇所に手を触れた。

それを与えた〈魚〉は、いま反撃に移ろうとしていた。

突起部の先端に黒い孔が開いた。本来は水を排出する器官だが、長い歳月の間に身を護る武器としての機能も兼ね備えはじめていた。

そこから迸《ほとばし》ったすじは、赤い敵と同じく甲殻繊維ともいうべき物質で出来ていたが、その硬度とスピードは敵を凌《しの》いでいた。

しなやかな槍は体表面二四個ずつ二列——計四八個の排出孔から放出され、赤い敵の〇・八キュビト厚《あつ》の甲殻を四八ヶ所貫いて、内臓に致命的な損傷を与えた。

赤い敵は身をよじり、海老《えび》状の尾で一、二度激しく水を叩くと水中に没した。

「〈覗き魚〉の勝ちか」

名前と姿を知っているほうの勝利を喜ぶ心理に、バルジは苦笑を浮かべざるを得なかった。

その姿を上方からの光が黄色に染めた。

「いたぞ！」

筒灯の光を向けた人影は四個。他に七つの人影が崖と道の上に散らばっていた。

岬で彼を発見できなかった兵士たちが、なおも追いかけてこの道に気がついたのだろう。

そう言えば、頭上から鉄蹄の響きが聞こえたような気もした。波の音と海上の死闘に向けられた意識がこれに気づかせなかった——というより、胸の底に息づいている、どうでもいい連中だという考えのせいだと知って、バルジはまた苦笑した。

「動くな。両手を上げてこちらを向け。銃で狙っているぞ」

憎しみに満ちた恫喝《どうかつ》であった。〈都〉と〈国長〉生命《いのち》の公務員らしい。その二つの権威が揺らげば、自分たちの生活に関わる。危険を及ぼす反乱分子など拷問にかけて八つ裂きにしてしまえ。

バルジは両手を上げた。殺す必要もないと考えたのである。

「昇って来い」

崖上のリーダーらしい兵士が叫んだ。

3

道の九キュビト上で、火薬長銃を構えた兵士が銃《つつ》先を上方へふった。

道を上がる寸前、バルジは海の方へ眼をやった。

戦場は静まり返っていた。

黒い水の広がりだけが、いつもより激しい波を生んでいたが、それだけのことだった。

昇り切ると、火薬長銃を構えた兵士たちがバルジを取り囲んだ。

「あちこちで禁じられた演説をしまくっているのは、おまえだな。〈都〉と〈国長〉の名において、〈大法廷〉へ連行する。おれは〈国長〉直属の〈騎上兵第五小隊〉隊長トーエ・オキヒムだ。異議抗議は〈大法廷〉においてするがいい」

「急ぐんだ。時間がない」

「時間？　時間て、何だ？」

隊長トーエは首を傾《かし》げ、兵士たちはざわめいた。

「何でもない。それと、おれは同行せん」

「ふざけるな。この道を戻ったところに若いのと馬車が待っている。それに乗って真っすぐ〈都〉への道を行く」

「そいつは無理だ」

真後ろでささやく声の内容を理解した途端、トーエ隊長の首すじにナイフの切先が食いこんだ。

「貴様――何者だ？」

隊長は円陣から一歩離れた位置に立っていた。そこを衝《つ》かれたのである。

「銃を捨てろ」

「何者だ？」

「さっきこの先に馬車ごと残してきた若いのです」

兵士のひとりが怒りをこらえて言った。

隊長の眼が驚きに形を変えた。

「貴様か――見張りはどうした？」

「眠ってもらったよ。おれの馬車を勝手に使われちゃ困るな」

「こんな真似《まね》をして、どうなるか承知だろうな？」

隊長が呻《うめ》いた。

「逆《さか》らえば、てめえの首が口《くち》パクになるのはわかるぜ。さ、銃を捨てさせろ！」

隊長は沈黙した。やがて、バルジの方を見てきっぱりと言った。

「そいつを連行しろ。おれが殺《や》られたら、この餓鬼《がき》も射ち殺せ」

「ほお」

と唸《うな》ったのはバルジだった。ハヤトは動揺した。

それはすぐ賞讃に変わった。

「――おい。兵隊にしちゃやるな」

「おれは、この職についたときから生命は捨てている。おまえは生かしておけば、必ず〈都〉と〈国長〉に仇《あだ》なす奴。おれの道連れだ」

兵士たちの銃口から殺気が飛んで、ハヤトの全身を貫いた。次の瞬間、それは本物の弾丸に変わるだろう。

「よせ」

バルジの制止は、何に向けられたものか。

崖っぷちで、ぴゅっと風を切る音がするや、円陣を組んだ兵士の数名が胸と喉《のど》を押さえてのけぞったのである。

彼らの身体を貫いたものは太い針のような甲殻のすじであった。すじは崖っぷちからのびていた。

「逃げろ――皆殺しにされるぞ！」

バルジの叫びを兵士たちはすぐ理解したが、実感が伴わなかった。彼らは通常〈都〉の警備に当たっており、海からの脅威は話に聞くのみであった。それが現実になったとき、脳は肉体への避難命令をためらった。物語の恐怖を脳は感じていなかったのである。

ぴゅん、とすじが跳ね戻って串刺しの獲物たちを空中へ投擲《とうてき》した。

誰かが悲鳴を上げげた。

誰かが指さした。

崖の縁から巨大な影が盛り上がって来たのである。

それはまず一〇キュビトもある二本の鋏の形を取っていた。

「こいつは何者だ？」

ハヤトは空中に浮かんだ巨大な凶器を見上げた。赤い。

鋏は舞い下りた。二名の兵士が下敷きになり、刃

の間にはさまった三名の首と胴が分かれた。無邪気《むじゃき》な子供に首を刎《は》ねられた人形のようだった。

勇敢な何名かが長銃の引金を引いた。甲殻に黒点が生じたが、血はすぐに出なかった。

もう一度鍬を持ち上げ、〈覗き魚〉は空中へ躍り出た。やや しなった身体は二〇キュビトを超す。

「でけえな」

ハヤトはつくづく思った。

大地がゆれた。〈覗き魚〉が落下したのである。

「逃げろ!」

隊長を道の方へ突きとばして、ハヤトは眼を凝らした。

もっとよく、海の底からやって来たものを見ておきたかった。猛烈な好奇心が逃亡を禁じていた。

鍬が激しく鳴った。そいつが動き出したのだ。

「行くぞ」

近寄っていたバルジが彼の手首を摑んで引いた。

兵士の悲鳴が上がった。串刺しになった身体が勢いよく弧《こ》を描いて崖の向こうへ消えた。

ハヤトはバルジと走った。

四〇キュビトほど先に馬車が見えた。向きは変えてある。バルジを救って逃げられるようにだ。

御者台《ぎょしゃ》に人影が見えた。先に逃げた兵士だ。仲間を待っているらしい。

二人が荷台に上がると、

「隊長殿はどうした?」

と訊いた。捕えるつもりはないらしい。途方もない恐怖を相手にした仲間意識が芽生えているのだった。

「わからん。少し待て」

バルジが眼を細めて道の奥を凝視した。

仲間に肩を貸した男が走って来た。隊長だ。その背後に巨大な影が迫っていた。

「バルジさん――あれだ! あの赤い光でやっつけてくれ!」

返事はすぐあった。

「馬車を出せ。こっちもやられるぞ」

ハヤトは愕然《がくぜん》と声の主を見た。別人かと思ったのである。

「し、しかし」

兵士はためらった。

「行け、死にたいのか？」

バルジの声はむしろ落ち着いていた。それが却って兵士の恐怖をあおったといえる。

良心をいっとき麻痺《まひ》させる絶叫とともに、彼は馬の尻に鞭《むち》を叩きつけた。

馬が地を蹴《け》る寸前、ハヤトは身を躍らせた。

着地と同時に隊長へと疾走する。

バルジの声が聞こえたような気がしたが、構わず走った。

「おまえか⁉」

隊長は眼を丸くした。

「おれが替わる。あんたは後ろの奴を頼む」

ハヤトがぐったりした兵士を巧《たく》みに背負う間に、隊長は腰の火薬短銃を抜いた。

巨影まで四〇キュビト。海老のような動きは、下半身でバランスを取っているものと思われた。

「おれはトーエだ」

隊長が名乗った。

「おれはハヤト」

「こいつは部下のガシュアだ。頼んだぞ」

「任せとけ」

残るつもりか、と思った。この男ならやるだろう。だが。

左足を引いて安定姿勢から銃撃の構えを取った隊長の首すじへ、ハヤトは手刀《しゅとう》を叩きつけた。重い鉈《なた》のような一撃であった。

くずおれる隊長の身体を低くかがんで背中へ乗せ、ハヤトは重さを測った。

何とかなりそうだ。

「いやあああああ」

気合で空を飛ぶつもりで走った。地を蹴るごとに膝《ひざ》がきしんだ。三人は無理だ。うるさい、何とか保たせろ。でないと叩き折るぞ。折れるものなら折ってみろ。

背後の地響きと気配が迫って来た。意外と速い。駄目かな、こりゃ。

後先考えず——母に愚痴られる悪い癖が出た。もっとも、父と祖母は褒《ほ》めてくれるから、あながち悪《あく》癖《へき》ともいえない。

いきなり神の手が差しのべられた。

記憶が閃いたのだ。

「やった」

低く叫んで、彼は距離を測った。

地響きは二〇キュビト。こっちの目的地まで約二〇〇キュビト。

間に合わない、と判断した途端、ハヤトの身体はそれを否定すべく走った。

疾走しながら、彼は左手を下ろした。

手首のひと捻《ひね》りで肘《ひじ》から革帯が下りてくる。

「くたばれ」

思いきり後方へふった。ふり返りもしない、勘《かん》に頼った片手打ちであった。

ぶん、と空気が鳴った。音は長く長くのびて、迫る影の顔のやや下——口腔《こうくう》に激突した。

何かが砕け、とび散った。

そいつの突進の理由はまだわからない。ハヤトの左打ちにはそれを頓挫《とんざ》させるパワーが備わっていた。

左右は崖であった。

巨体は長大な尾で地べたを叩きつけながら、右へねじれて岩棚を破壊した。

敵に起因する蠢《うごめ》きが遠くなっていくのを感じながら、半分に落ちた、とハヤトは焦っていた。速度のことである。二人分の重さは肺にも過度の負担を強いている。

あと四〇キュビト。何とか行けるだろうか。いや、背後でまたあいつの音が。

ハヤトは無理と知りつつ足に力をこめた。
痛《いて》え、と洩れそうになるのを呑みこんだ。
左の崖に黒い影が貼りついている。
——間に合った
飛びこんだ瞬間、影は洞《うろ》と化して三人を呑みこんだ。

第六章　〈山岳地帯〉

1

「五、六ヤー前まで、悪さをしたらここに隠れてた」

　ぶつぶつ言いながら、縦横四キュビトほどの通路を奥へと走った。

「自然に出来た穴だと思うが、そこのところはよくわからない。かなり広い穴だ」

二四、五キュビトほどで急に広い空間に出た。

　素早く二人を降ろして、岩壁に片手をついた。さすがに息が荒い。

「もとは自然の穴だが、おれの前に利用した奴らがいたらしい。後で教師に訊いたら、五〇ヤーくらい前に、近くを荒し廻ってた強盗団の隠れ家じゃないかってことだった。そいつらは兵士に追われたらここに隠れて、追手をやり過ごしたんだ。そして、仲間割れもあったらしい」

　洞の片隅に、襤褸《ぼろ》をまとった白骨が二体、ばらばらに重なっていた。

　どういう心肺機能を備えているものか、すぐに呼吸が戻った。ハヤトは出入口の右横に立てかけてある板みたいな丸石に近づき、周縁部に両手をかけた。それはただの石ではなかった。床にはレール状の切り込みが走り、その上で石板は回転し、移動してのけた。戸口はふさがった。

「奴らはこうやって追手から逃れた。食糧と水さえあれば何デ（一デ＝一日）でも保つ。丸石は奴らが削ったものだろう。重さは六〇〇〇スオくらいだ」

　それが揺れた。

「来たか」

　ハヤトは石板に肩を押して踏んばった。あいつに入れるわけがない。兵士たちを串刺しにした、あの鋭い髯《ひげ》みたいな棘に違いない。

「わっ!?」

いきなり岩を貫いて鋭い先端がのぞいた。ハヤトの鼻先だった。数千トヤ（一トヤ＝約1／3トン）の圧力に耐え得る深海生物の甲殻を貫くための武器である。地上の岩など布地に等しいのだ。

舌打ちして、ハヤトは後方へ跳んだ。駄目だと判断した時点で扉は無用の長物と化していた。それを補う術《すべ》を探さなくてはならない。用意は出来ていた。

しなやかな鶴嘴《つるはし》は、ぐいんとしなって引き戻された。次が来る。

ハヤトはそこに置いてあった円筒の一本を摑み上げ、足下に下ろした。直径〇・二キュビト、長さ半キュビトほどのそれは、ごく薄い石で出来ていた。ハヤトは腰の革袋から火打ち石を取り出し、円筒の〝端〟から出ている黒い線に近づけて打ち合わせた。

火花がとんで、黒い線が火を噴いた。

丸石が二つに折れた。固定されていない上半分が、衝撃でハヤトの方へとんで来た。

躱すのは簡単だったが、それが壁にぶつかった衝撃波はどうにもならなかった。横へ吹っとんだ背中を岩壁に打ちつけ、ハヤトは肺の空気を吐き切った。

地面に落ちてもすぐ立ち上がった。

風を切る音が聞こえた。

丸石の上半分が塞《ふさ》いでいた出入口から侵入した長い鶴嘴が、ひゅんひゅんと身をくねらせていた。

「ほうれ、大好きな餌だ」

ハヤトは円筒を放った。鶴嘴にぶつかって床に落ちる寸前、稲妻の速度で巻き取られ、穴の向こうに消えた。

「おい——」

地上で隊長が呻いた。地面へ放り出されたショックと、石板の破片を顔に受けて覚醒《かくせい》したらしい。

「今のは——何だ？」

「ここの先住人が、追手相手にこしらえといた爆弾だ。試してみたが、中々強力だった」

ハヤトは二人の上にのしかかった。

爆発音は小さかった。外ならいいが、と思った。

二つ数えたとき、衝撃波と黒煙がやって来た。

ハヤトは二人から剝《は》がされ、しかし、すぐに戻った。死の風は向かいの壁にぶつかって再度反転したのだ。

狂乱が収まると、すぐ立ち上がった。

全身が痛んだ。噴きこぼれそうになる苦鳴を、ハヤトは何とか押し殺した。

「大丈夫か?」

隊長が訊いた。

「ああ」

「おい」

隊長がささやくように驚きを表現した。ハヤトは二本目の円筒に点火済みであった。

――念には念を、か。何て奴だ
ハヤトは戸口の横に貼りつき、様子を窺《うかが》った。

煙の向こうから足音が近づいて来た。

――兵隊の生き残りか、それとも
戸口から、よおと入ってきたのはバルジだった。

ハヤトは笑顔を見せなかった。

「今頃何しに来たんです?」

凄味《すごみ》さえ湛《たた》える声で問い質《ただ》した。

石のような顔が、ぎりぎりと苦笑を浮かべた。

「兵隊を助ける義理はないと思ってな――そう怒るな」

「怒っちゃいません。がっかりしただけです。この洞窟を知らなかったら、おれたちは食われてた。頭からね」

「済まん」

素直に来たな、と思った。途端に胸の中がすっきりした。

「奴は死んだ?」

「ああ」

「この二人――運び出すの手伝って下さい」

「ふたりじゃない、ひとりだ」

隊長は立ち上がって、足下の兵士を見下ろしていた。

「二人とも捕縛《ほばく》する。抵抗すれば射つ」

隊長の両手に握られた古い、錆だらけの火薬短銃を見て、ハヤトは眼を閉じた。強盗団の遺品だった。

「おい、忘れんなよ、おれはあんたを助けたんだぞ」

「感謝する。しかし、自分は〈国長〉に仕える宮廷兵士としての職務を果たさねばならん。君がしてくれたことへの礼はいつか必ずする。両手を上げて外へ出ろ」

「真っ平だ」

「なにイ?」

短銃の撃鉄は上げられている。引金を引けば火打ち石が発火板をこすり、火花が火蓋《ひぶた》を上げた発火孔にとんで、一セコ(一セコ=約一秒)とかからず弾丸が射出される。強力とはいえないが、ハヤトを射殺するには充分な距離であり威力であった。

ハヤトは銃身を摑んだ。

「よせ! 射ちたくないんだ」

「いいから引け。弾丸は出ねえ」

「なにイ?」

ハヤトは拳《こぶし》をふり上げた。

隊長は自由なほうの銃口を下へずらして引金を引いた。脚を狙ったのだ。

がちんと鳴って火花もとんだが、発射されなかった。

ハヤトは手を離した。

隊長はそれでも脚を射った。

石と銃のぶつかる音が、わびしく反響した。

「爆弾を試したとき、それも射ってみた。火薬が湿ってて使いものにならなかった。世の中、そう上手《うま》くいくもんじゃねえんだ、この恩知らず」

ハヤトの拳を鮮やかに顎に受けて、隊長は崩れ落ちた。

「ざまあみやがれ」

　ハヤトは隊長を担ぎ、兵士の遺骸はバルジに任せて外へ出た。

「うお」

　洞窟の入口に長々と横たわった海獣《シグラ》の死骸は、頭部に二ヶ所、なおも炎を噴いていた。バルジの赤い光を放つ武器だろうとハヤトは納得した。

　近くに止めてあった荷馬車に隊長を放り込み、二人掛けの御者台の隣りに坐った。

「どうするつもりだ？」

　バルジが訊いた。

「――何をです？」

「兵隊だ。生かしておけば、おまえを捕まえに来るぞ」

「逃げますよ」

「何処へ行く」

「〈山岳地帯〉へ入って、木樵《きこり》の真似でもします」

「他のところへ逃げるつもりはないか？」

「――〈海〉の涯《はて》ですか？」

「そうだ」

「正直言うと、少しは家族も気になるんです」

「それは当然だ」

「いや、自分でも冷てえ奴と思うんですが、おれは家族のことなんか、あまり気にならない性質《たち》なんです。いまおれの得になる理由で家を出てかなきゃならないとしたら、平気でみなを捨てて、目的を果たすまで気にもしないでしょう。気になるのは、おれ自身に出て行く理由がないからです」

「本当か？」

「…………」

「理由はある。ただ、はっきりと意識できないだけだ」

「そんなこと――わかりませんよ」

「おまえが家族を捨てる理由は立派にある。おまえは〈世界〉の涯を見届ける運命なのだ」

「はあ？　何です、運命って？」

「神が定めたもうたおまえの生きる道だ」

ハヤトは泣き笑いのような表情をつくった。

「やめて下さいよ、バルジさんが〈神〉だの〈定め〉だの」

「そうでなくて、おまえの振る舞いの説明がつくか？　戦うのが好きなこともあるが、それでも説明できない暴れっぷりと聞いたぞ。おまえは運命を知りながら、潜在意識でそれを拒《こば》もうとしている。その食い違いが暴力沙汰《ざた》での憂《う》さ晴らしになって現われたのだ。運命に従えば楽になる。家族のことも忘れてな」

「やめて下さい、まだそうは行きません。それより――あの化物は何処から来たんです。はじめて見ました」

「〈世界〉の外からだ」

「外？　世界はひとつですよ。ここだけです」

「ここって何処だ？」

ハヤトは口ごもった。胸の奥で、とうとう来たか、とかすめたような気がした。

「〈村〉と近くの集落と〈町〉と〈山岳地帯〉と〈都〉と――〈海〉です」

「ふむ」

バルジは馬に鞭を当てた。すぐに尻が痛くなる。

「〈山〉へ行ってみるか」

「え？」

「〈海〉へ乗り出す道具はできた。いつでも行けるのなら、〈山〉も見ておくべきかも知れんな」

自分が記憶を辿《たど》っていることにハヤトは驚いた。

バンゲ。

と口を衝いた。

「誰だ？」

バルジが前方を向いたまま訊いた。けたたましいとさえいえる車輪《わだち》と車体のきしみの中で、声ともいえぬつぶやきも聴き分けられるのかと、ハヤトは驚いた。

「学舎の仲間です。八つのとき、山へ学習観察に行き、いなくなっちまった」

「その子だけか？」

「ええ。〈山人《やまびと》〉にさらわれたといわれてます」

「山の民か。それはあり得る事態だ。捜したのか？」

「〈都〉の兵隊が大勢山に入りましたが、結局は見つからず終《じま》いでした。〈山人〉って何なんです？」

「見て来い。〈世界〉を理解する役には立つだろう」

ハヤトは返事をしなかった。さすがに少々薄気味悪かった。〈海〉で生きる人々にとって、〈山人〉は得体の知れぬ存在なのである。

木から木へと自在に飛び移り、切り立った崖も難なく駆け上がり、人間はもとより巨大な〈山獣《さんじゅう》〉も、拳の一撃で打ち殺してしまう。道に迷った旅人をさらっては樹上一〇〇〇キュビトの高さにある巣へ連れて行って子を産《う》ませ、その子は人間と〈山人〉の優《すぐ》れた性質を受け継ぐ一種の超人になるとされる。

〈村〉の寺院に〈山人〉のミィラがあると噂《うわさ》になったのは、丁度バンゲが失踪した頃合である。

好奇心を抑えられなくなったハヤトは、数人の悪童仲間と寄り合って、司祭の寝静まった夜、寺院の地下にある聖品保管所へ侵入した。

一ワー（一ワー＝一時間）に及ぶ捜索の結果、室内の片隅に巧みに隠蔽《いんぺい》されていた木箱の中に、ミィラは確かにあった。

そこでハヤトたちが眼にしたものは――

ハヤトは眼を見開いた。記憶は完全に甦《よみがえ》った。

――あのときはバンゲもいた。おれたちが学習観察に出かけて、バンゲが消えたのは、それから二デ後だった。

今考えると、発見と失踪――この二つをつなぐ糸があるのだろうか。

いや。

おれたちは、バンゲが〈山人〉にさらわれたのだと思っていた。だが、もうひとつの見方があってもいいんじゃないのか。

ハヤトはそこでやめた。考えるのが怖かった。彼は最も単純で考えなくても済む疑問に思考を移動させた。

〈山人〉とは何者なんだ？

衝撃がハヤトを後方へのけぞらせた。

バルジがひと鞭当てたのだ。

車輪の狂乱と狂騒が、ハヤトにそれを引き起こした張本人の声を切れ切れに、しかし、間違いなく伝えた。

「〈世界〉の一員だ。誰もが知っている、そして、誰も知らんこの偽《いつわ》りの〈世界〉のな」

2

ハヤトは家で馬車を降り、荷物を手に戻った。月は太陽に変わりつつあった。闇の隅々まで光が忍びこんでいく。

さしたる感慨もなかった。廃縁の羊皮紙にサインも済んでいた。

「手続きはしておく。気が向いたら帰って来い」

と父は言い、

「あの人が悪いんだよ、あの人が悪いんだよ」

母は怨《うら》みの眼で戸口の方を見た。その先にバルジがいた。

「しっかりおやり」

と肩を叩いたのは祖母だった。

「ようやく、おまえの時間《とき》が来たんだよ。家のことなんか忘れて、しっかりおやり」

「家を忘れろって何よ」

母はすすり泣いた。

「これからは、おまえだけが頼りだったのに、あたしたちを捨てちまうんだね。父さんも母さんも、どれだけ苦労しておまえを――」

「さ、もうお行き」

祖母が母の前に来て、ハヤトの肩を押した。

「きっぱりと、後のことなんか考えず、さあ、お行き。まだ見たこともない〈世界〉が相手だなんて、最高じゃないか」

ハヤトは歩き出した。何か言おうとしたが、うまい言葉が見つからなかった。

門のところでふり返った。父と母の姿はなかった。母は泣きに戻り、父は慰《なぐさ》めに付き合っているのかも知れない。

祖母だけが片手をふっていた。

「じゃあ」

小さく言って、ハヤトは右手を顔の位置まで上げ、手刀の形に動かした。何を断とうとしたのかは自分でもわからない。

馬車が動き出すと、

「何処へ行くんです?」

「特に当てはない。おまえの行きたいところへ連れて行ってやろう。おまえもないのなら、〈山岳地帯〉だ」

「そこでいいです」

「おれは気楽に薦《すす》めたが、愉しいところじゃないぞ」

「いいですよ、何でも」

意外と破れかぶれの気分なのかと思える返事だった。それならそれで、逃亡の始まりにはふさわしいかも知れないと、胸の何処かで好もしく受け入れた。

〈山岳地帯〉は国土の六割以上を占める高峰と巨木の土地である。

〈海辺〉の村々からは勿論《もちろん》、〈都〉のいかなる場所からも望め、晴れた日など、今にも〈都〉を圧殺しようと押し寄せてくるように見えて、通行中に倒れる人々も多い。噂によれば、〈国長〉は生まれてから一度も、〈山〉に行ったことがないという。

北と東と西を占める峰々へは、いかなる土地からも道が通じているため、〈都〉や〈町〉で無法な仕事を片づけた無頼漢たちは、真っすぐに、この道を辿ると思われがちだが、これは意外と少ない。〈山人〉がいるからだ。

この奇怪な民の素姓《すじょう》はわかっていない。〈国〉の誕生と同時に発生したともいわれる。

彼らは生命の糧を山に求め、山の物を食い山の水を飲み山の着物を着る。〈都〉や〈町〉、〈海〉の人々と交わることは強く避け、潔《いさぎよ》いほどだった。

彼らの生態を解き明かすべく、〈都〉の学者たちが何度か山中深く分け入ったものの、移動の拠点を見届けただけで、その姿を遠望することさえできなかったという。

にもかかわらず、ある程度の知識を平地の人々が有している訳は、数ヤーに一度、〈山人〉たちが指定する場所で、山の品と平地の品、海の品とを交換し合う、いわば交易市が開催されるためである。

山獣やオオワシドリをはじめとする巨鳥怪鳥たちの毛皮と干し肉、様々な疾病《しっぺい》、業病《ごうびょう》にすら効く内臓各部の燻製《くんせい》、爪や牙《きば》の首飾り、腕輪等の工芸品、威力の乏しい弓矢で巨獣を斃《たお》すための毒薬等は、平地の商人たちを驚倒《きょうとう》させ、彼らが提供する金襴《きんらん》の布地や宝石貴石をちりばめた、これも首飾りや耳飾り等は、交易の間、無表情を通す〈山人〉たちに国宝級とさえいえるかすかな笑みを浮かばせた。

また、彼らが素朴な放浪の民ではない証拠に、碩《せき》学《がく》たちが生命に代えてもと望む飛翔術を秘めた翼や、推進器等は、決して提供されなかった。

これらの依怙地《いこじ》さから、〈山人〉たちは伝説の格好の材料になる。

いわく、山へ入って戻らぬ者たちは、〈山人〉たちに捕われ、足の指一本に到るまで貪《むさぼ》り食われてしまう。

いわく、〈山人〉は自ら信じるところの宗教的儀式のために、平地の人々を生贄《いけにえ》に捧《ささ》げている。

いわく、山中で消息を絶った人々は、男は女と、女は男との交合を強制され、〈山人〉の血を絶やさぬための道具にされている。

その真偽《しんぎ》は知らず、今日も山の何処かで木々の間を飛び交う者たちが存在し、木を伐《き》り倒す音がする。


ハヤトとバルジは、村の手前で、街道を西へ折れて山への道に入った。

陽はすぐに翳《かげ》った。人間の手の入らぬ原生林は陽射しの放蕩《ほうとう》を許さないのである。

傾斜が急になったところで、ハヤトは馬車を降りた。

「もし、家族の者に〈都〉の役人たちの手が及んだら——守ってやってくれませんか?」

「任せておけ。しかし、やはり気になるものか」

「人の子ですかね」

「安心しろ」

バルジは微笑した。頭上の木々と空とを見上げて、

「ここまでのおまえなら大丈夫だろうという気もしていたが、不思議と安心はできなかった。それがいまは不安がない。これからおまえが辿る道は、ただの勇者では踏破《とうは》できんのかも知れんな」

ハヤトは頭を掻いた。褒められているのかと思ったが、そう思うこと自体が照れ臭かった。

「それじゃあ」

「山を下りる時機は自然にわかるだろう。達者でな」

バルジは片手を上げ、親指を立ててふった。すぐに馬首を巡らせ、坂道を下っていった。一度もふり向かなかった。

呆気《あっけ》ない別れ方が、ハヤトの胸を軽くさせた。荷物を肩に、彼は急な道を昇りはじめた。

三ワーも昇りづめに昇ると、汗も出なくなった。それほどキツい昇りだったのである。

木立ちの一本に寄りかかって、ハヤトはこれからのことを考えた。

ただ〈山岳地帯〉を見る、という抽象的な認識では気持ちが乗らない。明確な目的が必要だった。ハヤトはこれに、バンゲの発見と帰還を当て嵌《は》めた。

一四ヤーも前に消えた級友が生きているとは誰も思わなかったし、バンゲの両親でさえ、遺体のない葬儀を三ヤー後に行ない、次第に忘却《ぼうきゃく》の霧に息子の記憶を包んでいった。

ハヤトだけがその死を哀惜《あいせき》もせず、バンゲの思い出を語りもしなかった。死体が見つからないのは生存の証《あか》しだと考えていたのである。彼は山中で同じ年頃の山の民たちと峰々を飛翔するバンゲの姿を想像し、自分もいつか仲間に加わりたいものだと思った。今回の旅でそれが可能になるかも知れないと、内心期待もしていた。

二ミンもしないうちに、疲れはほぼ取れた。ここで水筒の水を飲み、干し肉を齧《かじ》った。さらに三〇ミン、地面に横になって動かなかったのは、祖母の教えとその実践の結果だった。

――お腹に食いものが残ってたら、急な争いに遅れを取るよ。食べたらすぐ横になってお休み
歩き出そうとしたとき、頭上で木の枝が激しく鳴り騒いだ。

ふり仰いだ木立ちの先を、大きな翼を広げた影が別の木立ちへと飛び移って、そのまま見えなくなった。

「監視か」

むしろ望むところであった。

だが、それきり影は見えず、木立ちも騒がず、ハヤトの注意はむしろ、山中で遭遇する獣や毒を持つ小動物に向けられた。

ふたたび疲れ果てたところで、太陽が月へと変貌《へんぼう》を遂げはじめた。

野営するしかない。

闇に視界を塗りこめられる前に平坦な土地を見つ

け、ハヤトは小石を集めて炉《ろ》を作り、木切れを拾って来て燃やした。

生木は燃えにくいので、瓶詰《びんづ》めの鯨油《げいゆ》をかけた。この場合、鯨油というのは鯨《くじら》の油を意味しない。魚全体から採れる油をさす。

猛烈な臭《にお》いが山獣を喚《よ》び集めはしないかと気になったが、すぐ眠気が襲って来た。そういえば、家を出た馬車の中でうとうとしただけで、碌《ろく》に寝てもいない。

「どれ」

横になるとすぐ、呼吸音が一定になった。

一ワーが経《た》ち二ワーが過ぎた。

圧倒的な闇は木立ちすら溶け込ませてしまった。

天空に月はかがやき、星は——ない。

ハヤトは星を知らない。いや、この〈世界〉の人々の誰ひとりとして、星を見たものはいない。

最初からないのだった。

見えない木立ちの頂きから、何かが落ちて来た。

風を切る速さなのに、着地音は立てなかった。寸前で〈翼〉を広げたのである。平地の人間が〈翼〉と呼ぶそれは、ひどく薄いが強靭《きょうじん》な膜であった。最大限度まで広げても、手の長さを超えない。

影は動かずにいた。ハヤトの様子を探っているようであったが。

そのかたわらに、またひとつ音もなく。

その背後に、もうひとつ。

さらにひとつ。

その中心でまだ消えぬ灯が、横たわる若者を照らしつづけていた。

彼の吐息を眠っていると判断できるまで、影たちは待っていたのだった。

ふわりと地を蹴って、六キュビト先に立つ。

ふわり。

ふわり、と。

二キュビトと離れていないところに敷かれた包囲網に、ハヤトは気づいていない。

3

影たちがさらに前進した。

手をのばせば届く位置であった。

ハヤトの頭部に近い影が右手を腰に廻した。

月明りに銀灰色の光が長くのびはじめた。刃《やいば》であった。光は一キュビトで止まった。

それを頭上にふりかざして、影はもう一歩前進しようと右足を前へ出した。

「よせよ」

それまで規則正しく寝息をたてていた若者がこう言ったものだから、影の動きは悚然《しょうぜん》と停止した。

凄まじい数セコが流れた。

若者はまた寝息をたてはじめた。寝言だったらしい。

影たちが顔を見合わせ呼吸を整えるまで、さらに数セコを必要とした。ようやく動揺が鎮《しず》まってから、刃を持った影が新たに一歩前へ出た。

「よせよ」

前と同じ言葉だが、意識したものだ、と判断した刹那《せつな》、横たわる若者から放たれたものが、刃を摑んだ影の顎に命中した。

「ぐおっ!?」

のけぞる仲間に合わせて、他の影たちも二キュビトほど跳び下がった。

「安心したぜ、人間《ひと》の声だ」

ゆっくり起き上がったハヤトの右手からは、あの革帯が垂れていた。

「軽く打ったといたから、明日には痛みも消えてる。おれは争いに来たんじゃないんだ」

影のひとつが倒れた影に駆け寄って、

「じゃあ、何しに来た?」

鋭い声が、またハヤトを驚かせた。

「――女か?」

いてもおかしくない、とすぐ思い直して、

「見学に来たんだ」

と返した。

「見学？」

女声の影は、こいつ何を考えている？　という調子で、

「何を見に？」

「〈山岳地帯〉と〈山人〉をだ。〈世界〉を知るには、ここも見ておけと言われてな」

「――誰に？」

声の響きがハヤトにひょっとしたら、という思いを抱かせた。

「バルジという男だ」

いきなり左右の二人が右腕を突き出した。

その肘から手首にかけて、長方形の物体が、三本の革紐《かわひも》でくくりつけられていた。ハヤトの眼は、その先から突き出した三角形の鏃《やじり》を見ることができた。

箱状の物体の上部に細い溝が切られ、その中に凶器が固定されているのである。

恐らく、強靭な発条《ばね》で引かれた弦によって射ち出され、空中の猛禽類《もうきんるい》を撃墜《げきつい》するに違いない。地上の標的などさらにお易い御用だろう。

「射《い》るか？」

よけられるかと、ハヤトは考えた。

革帯は一瞬遅れを取るかも知れない。素手ならどうだ？

試してみようか。口もとがほころびるのをハヤトは感じた。

「ほい」

両手を上げた。

「これで射つ気にならねえだろ。おまえたちのとこへ連れていけ」

二つの影は女声の影を向いた。頭《かしら》はこの女らしい。

何処にも威勢のいい女はいるな。ハヤトは内心苦笑した。

「ふざけた男だね。莫迦なのか度胸が良すぎるのか。まあ、それだけの腕はありそうだ。運んでおやり」

女とはいえ、頭の言葉は鉄らしく、二人はすぐ武器を下ろして、ハヤトに近づくや、その両腕にそれぞれの片手を巻きつけた。

——まさか
次の瞬間、ずんと衝撃が噴き上がりハヤトの身体は上昇を開始した。

左右の介添人は空いている腕を高く掲げていた。その手首から足首にかけて半透明の皮膜が張られているのをハヤトは見て取った。普段は折り畳まれて、いざというとき広げて翼の役を果たすものと見える。そのための仕掛けはさすがに確認できなかったが、ハヤトには想像もつかない技術の成果に違いなかった。

彼らの飛翔法は鳥のごとき長時間のものではなく、枝から枝へと飛び移り、その都度、膜翼《まくよく》の角度や張りを調整して、次の移動をやり易《やす》くするのだった。

運ばれるうちに、その距離が大体四〇キュビトから六〇キュビトとわかって来たが、時折り一〇〇キュビト近い飛翔を見せるときもあり、その距離と頻《ひん》度《ど》は、飛翔者の技倆《ぎりょう》にかかっているとすぐに知れた。

明らかに山奥へと入っていくその途中で、

「おれはハヤトという。海の村の者だ」

「…………」

「この速さなら、口ぐらい利けるだろ？　名前ぐらい名乗っても損はしねえぞ」

「——速さでわかるか。大した奴だ」

右腕を摑んでいる影が言った。もろ短髪の一七、八とわかっている。

「しかも、怖がっていないな。おれたちが手を離したら、間違いなくペチャンコだぞ」

これは左腕担当だ。年齢はハヤトと同じくらいだろう。

「離すか？」

　ハヤトは首をふって、二人を見た。

「いや。おれはマサダだ」

　と若いほうが言った。

「おれはサアジ。ここ三、四ヤー、地上の奴らが来ないと思っていたらおかしな奴が来たもんだ」

　それきり二人は口をつぐみ、これ以上は無駄だと悟ってハヤトも沈黙した。あの娘ともうひとりも背後にいるに違いない。

　やや疲れが見えて来た五十数度目の飛翔の後、三人は地上四〇〇キュビトの大枝から、前方の絶壁にちりばめられた無数の灯を見た。


　一〇〇〇キュビトを一気に飛んで舞い下りたのは、巨木を針金でつないだ広場のような場所で、ここが〈山人〉の発着場なのであった。その半分は絶壁の端から前方へせり出して、地上の人間が見れば舞台と思えないこともなかった。

　発着場の反対側の端に、二〇名近い人々が立ってこちらを見つめていた。

　毛皮の敷物の真ん中に穴を開けて顔を出し、前後に垂れた部分を紐で縛ってある。紐には矢筒の他に巨人の鉤爪《かぎづめ》のような手甲鉤がぶら下がっていた。恐らく空中での戦闘に際して、攻撃と同時に救命の具としても利用できるに違いない。〈翼〉が損傷した場合も、落下しか選択肢のない運命を、木の幹や岩に突き立てて回避するには格好の得物といえた。

　二人がハヤトを離れ、待機していた連中が取り巻いた。

　ひときわたくましい長身の男が一歩前へ出て、

「何しに来た？」

　と訊いた。

「見学だ」

「そう言っておりました」

　とマサダがつけ加えた。

「おまえの任務は済んだ。黙っていろ」

「へーい」

若者はそっぽを向いた。

「見学して、どうする？」

「〈世界〉を知る役に立てる」

「変わった趣味だな」

声は変わらないが、男の眼が別の光を帯びた。

「いいですか？」

ハヤトの背後で女の声がした。

「勿論だ」

「バルジからこうしろと言われたそうです」

「ほお。あの男の子分か」

「わかりません。ですが、だとしたらあたしたちの前で、あいつの名前は出さないでしょう」

「では、何をしに来た？」

「見学だよ」

とハヤトが言った。バルジさん、何をやらかした？ と頭の中を過《よぎ》った。


「何も知らずに、ここへ来たわけか」

男が唸るようにつぶやいた。

「何も知らずに来させられたのかも知れないわ」

「──何のために？ 見学か？」

「そうだ」

ハヤトが胸を張った。

「名前を訊こう」

と男が言った。

「ハヤトだ」

「おれはジャイギだ。心残りのないように教えておこう──名乗ったか？」

女への問いであった。

「いいえ。でも──ちょっと待ってよ、ジャイギ」

女が答え、一同にある決意が漲《みなぎ》った。

「その女──きれいだろう。名前はヴィオラだ」

「──ジャイギ！」

男の右手が上がった。

ハヤトは籠《かご》の中の鳥であった。男──ジャイギもそう思っていた。余裕がわざと狙いを緩慢《かんまん》にした。

ハヤトの身体が沈み、右手から迸った長い武器が男の向こう脛《ずね》を一撃しても、武器を構えた男たちは矢を射られなかった。彼の真後ろには女——ヴィオラがいたのだ。

短く呻いて足を押さえる——残りの足をかっ払い、仰向けに倒れた身体にのしかかって、親指を喉仏にめりこませた。

「動くと骨までつぶすぞ」

低いが迫力充分な恫喝は、広場を圧した。

「構わん、射れ！」

ジャイギが先につぶれた声をふり絞った。

「やめなさい！」

ヴィオラが叫び、弓士たちがためらう間を、ハヤトは無駄にしなかった。

ジャイギの胸ぐらを摑んで立ち上がった。勿論、盾《たて》である。

「もう一遍、断わっとく。おれは〈山岳地帯〉とおまえたちの生き方を見学に来ただけだ。おれの知ってる人が何をしでかしたかは、関係ねえ。おまえらが問答無用の獣ならそう思って立ち去る。だから、邪魔をするな」

素早く、ジャイギごと広場の端まで戻った。下は千尋《せんじん》の谷だ。

ジャイギを激しく揺すって、

「おい——おまえも飛べるよな？」

と訊いた。

怒りより憎しみより、呪いに近い眼差しがハヤトを射た。

「ああ」

と答えた。

「なら、よし。これでさよならだ。もう少し山ん中を歩いてみるが、おまえら邪魔するなよ。今度は手加減しねえぞ」

「待って——ジャイギは村に必要なの。あたしを代わりに連れて行って」

ヴィオラが前へ出た。その必死な——それゆえに可憐《かれん》な表情が、ハヤトの胸を明るくした。

「安心しなよ。おれはこんな獣の群れからさよならしたいだけだ。こいつに怪我《けが》をさせたりはしねえ」

「なら、あたしでも同じでしょ。人質なら女のほうがいいわ」

「阿呆《あほう》か。女を危ない目に遭わせるつもりはねえ。お家《うち》で縫い物でもしてろ、じゃ、な」

強引に下がろうとした足を、広場の中心から噴き上がる鈍い打撃音が止めた。

それは確かに上から——天空から落ちて来たのである。

直径六キュビトほどの黒地に黄色い斑点だらけの球体であった。

——何だ？

とかすめたとき、四方から風を切る音が球体に吸いこまれた。

まとめて弾《はじ》きとばされるのをハヤトは見た。

球体が別の形に変わったのである。いや、姿に！

猛烈な臭気と咆哮《ほうこう》が広場を席捲《せっけん》した。

「放せ！」

ジャイギが身をもがいた。

「飛熊《フラベ》だ。とうとう来やがった！」

月光の下に、黒光りする地肌より、点々と捺《お》された黄金の印がかがやいて見えた。

全身を解放した四足獣の体長は、優に一二キュビト、体高は六キュビトを超えている。猫に似た顔の下で白い牙ががちがちと鳴った。

ひとり残らず食い殺してやる。

ハヤトにはそう聞こえた。

第七章　天の村で

1

「どけ！」

もがくジャイギを、

「どいてろ！」

と突きとばし、ハヤトはかたわらのヴィオラに駆《か》け寄った。

「弓か槍《やり》はあるか？　ナイフでもいい」

「これを！」

柄《え》を先に差し出された大型ナイフは、あの顎《あご》を殴《なぐ》られた若者の手から出ていた。

「使ってくれ、おれはノディラだ」

「借りた」

ハヤトは破顔《はがん》した。ノディラは、彼のしようとすることを理解しているのだ。

「ひとつ言っとく。おれはあんたを殺すつもりはなかった。ナイフは脅しだ」

「わかってる。顎にひびは入ってねえだろ」

「ああ」

若者は顎を撫《な》でた。

「どうして、ジャイギを手放した？」

「片足であいつと戦えるものか」

言うなりハヤトは戦いの場を見つめた。

すでに火蓋《ひぶた》は切られていた。

新たな矢と槍が投げつけられ、何本かは巨獣の肩や脇腹に刺《さ》さったが、すぐに抜けてしまったところを見ると、皮を破っただけだ。

「あいつの弱点は何だ？」

「ない」

とノディラが返した。きっぱりとした言い方が、ハヤトをキレさせた。

「そういうことを、はっきり言うんじゃねえ。この様子じゃ何度も闘《や》り合ってるだろ？　どうやって撃退した？」

「あれだ」

ノディラの指は、広場の反対側をさした。

家々が並んだ奥との仕切りには、木の門が陣取って、いま左右から閉じられようとしているところだったが、その右と左に頑丈な台座が鎮座し、六キュビト（一キュビト＝約五〇センチ）もある弩《いしゆみ》が据《す》えつけられていた。一台に三人がかりでワイヤーの弦を引き、留め鉤《かぎ》に固定し、かたわらの八キュビトを超す長矢《ながや》を射出溝《しやしゆっこう》に嵌《は》めこもうと奮闘中であった。

「成程《なるほど》な。あれなら」

こう納得した刹那《せつな》、凄《すさ》まじい悲鳴がハヤトをふり向かせた。

飛熊《フラベ》が接近し過ぎた〈山人《やまびと》〉に食らいついたのだ。頭と右肩を食いちぎられる前——一キュビトもある鉤爪《かぎづめ》に握《にぎ》りしめられた瞬間、男が即死したのは、不幸中の幸いといえた。

数人が舞い上がった。一気に急上昇し、飛熊の上空一〇キュビトで、旋回《せんかい》飛行に移る。地上の連中は前進しては槍で突き、弓で射《い》ては後退を繰り返す。獣《けもの》の注意を上空部隊から遠ざけるためだ。そして上空部隊の目的は、大弓装塡《そうてん》の準備時間を稼ぐためにあった。

三人が旋回をやめた——と見る間に、一気につるべ落としの降下に移る。落下に等しい垂直降下であった。

「しまった！」

誰かが絶望の叫びを上げた。

巨体が立ち上がったのだ。自在な二腕が迫る攻撃機を薙《な》ぎ払った。

全機——否《いな》、全員がその一撃を躱《かわ》すとは、誰も信じられなかった。

飛熊がのけぞった。

急上昇に移る寸前、三人が投じた矢とナイフが肩と頭部に命中したのである。

「やるな。射ろ！」

ハヤトは拳《こぶし》をふった。垂直攻撃が、怪物を立たせてその急所への直撃を容易にするための策と見抜いたのである。

鉄矢は二方から射られた。

右方からの矢は、左の脇腹から心臓を横抜きして右の腰骨の上からとび出た。左方からの矢は、背からこれも心臓を貫いて前へ抜けた——誰もがそう見た。

幻であった。

鉄矢が放たれる寸前、獣の背から黒い影が広がった。翼と知っていても、そう認識できたのは、それがひとつ羽搏《はばた》いたときである。

鉄矢は弾《はじ》きとばされた。のみならず、回転しながらとんだ一本は、三人の村人に激突して全身打撲《だぼく》で即死させ、もう一本は四人を串刺しにした。

「いかん」

ハヤトは身を低くして走った。飛熊の爪が、村人のひとりを捕えた。遠くで女の悲鳴が上がった。家の中から見ている家族かも知れなかった。


「門を閉じろ」

誰かが叫んだ。

無駄だ、とハヤトは走りながら思った。この高さにやってくるような連中は、みな飛行能力を身に付けているはずだ。門の意味を彼は理解できなかった。

恐怖より狂気に近い絶叫が迸《ほとばし》り、不意に熄《や》んだ。

弩台に辿《たど》り着いたところでハヤトはふり向いた。獣の口から何かが地上にこぼれ落ちた。膝《ひざ》から食いちぎられた右足であった。

何度か噛《か》み砕いてから、飛熊は頭を上げて獲物を呑《の》みこんだ。

その眉間《みけん》を黒い矢が貫いた。凄まじい苦鳴からして、今度は深かったに違いない。

その鼻先を人影がかすめて急上昇に移る。

飛熊は苦痛の中でも攻撃を忘れなかった。

風が人々を薙ぎ倒した。広げた翼は広場を覆い尽

くすかと思われた。

飛熊は左へ向きを変えて羽搏いた。

数名が吹きとばされて、広場から落ちていった。

台上の二人もその中にいた。

ハヤトは弩台の陰で風を避《よ》けた。

弦に手をかけて引いた。

「うお!?」

びくともしない。台の脇に小さな回転桿《かいてんかん》がついている。ピンと来てハヤトはそれを廻した。

弦が後退していく。

「よし。待ってろよ」

こいつはおれが斃《たお》す。灼熱《しゃくねつ》の闘志がふくれ上がった。

弦が止まると同時に、回転桿も停止した。矢は後方の矢筒に縦《たて》に入っている。一本を取り出したとき、その重さにほおと口を衝《つ》いた。これなら二人がかりでもぐらついてしまう。

射出溝に何とか収め、狙いをつけようと移動棹を摑《つか》んで獣の方を見た。

眼前――キュビトのところに顔があった。

「うわっ!?」

さすがに叫んだが、恐怖の金縛《かなしば》りになる寸前、身体は無意識に動いた。

袖口《そでぐち》からせり出し、獣の顔へ横殴りに叩きつけた革帯の一撃は、左眼を直撃した。

苦痛の咆哮《ほうこう》を放って飛熊は後方へのけぞり、木の床をのたうち廻った。

その頭上から三人の飛翔《ひしょう》隊がまたも垂直降下で襲いかかり、獣の肩にキツい一撃を送りこんでから急上昇に移った。

飛熊は立ち上がった。石斧《いしおの》が肩に食いこんだのだ。

上昇する敵を追うべく両翼が広がる。その左胸を鉄の長矢が絶対に外《はず》さないと宣言しつつ貫いた。

どよめきが広場をゆすった。

恐怖の人食い獣は、数瞬のあいだ立ち尽くし、それから、ようやく事情がわかったとでもいう風に横倒しになった。

ハヤトは台からとび下りた。着地と同時に走った。

崩れる巨体の下に、足を押さえて這《は》いずる人影を認めたのだ。

棒立ちになった〈山人〉たちの間をすり抜け、女の襟首《えりくび》を摑むや、倍近い重さを物ともせずに同じ速度で逆進に移った。

何とか、と思った刹那、鈍《にぶ》い響きが背後から切りつけ、地面が激しく揺れた。

かろうじて制動をかけ、ハヤトは獣を見つめた。助けた相手が無事なのはわかっている。

飛熊の動きは、上下する胸部に留まっていた。ハヤトが見つめるうちに、それも緩慢になり、長い間を置きはじめ、やがて静止した。

ようやくハヤトは長い息を吐《は》いた。

その耳に、

「ありがとう」

誰よりも早く、短い声が限りない感謝と賞讃の思いに溢《あふ》れて届いた。

足を押さえながら立ち上がったのはヴィオラだった。

「何をしに行った？」

「やっつけようと思ったのよ」

「女が余計な真似《まね》をするな」

「ご挨拶《あいさつ》ね」

ふくれっ面《つら》になったが、美女の眼には生命の恩人を見つめる光がなおも満ちていた。

「血を流すのは男の仕事だ。女が怪我《けが》したり死んだら、村は死に絶えるぞ」

ヴィオラは肩をすくめた。言いたいことはあるが、恩人にはとりあえず逆らわずにおくという仕草《しぐさ》だった。

「凄《すげ》えな、あんた」

ヴィオラの後ろから、ノディラが声をかけてきた。

「あいつをやっつけたってのも凄いが、その後——

ヴィオラをよくもまあ」

そうだ、という声が幾《いく》つも上がった。一〇人近い〈山人〉がハヤトを取り囲んで、親愛の笑みを見せていた。

「飛熊の肉は不味《まず》いが保存が利く。おかげで村の食糧はひと月分増えた」

「それは良かった」

ハヤトは仏頂《ぶっちょう》面《づら》で返した。他所《よそ》の土地で笑顔を見せるとロクなことはない、と知り抜いているのだ。

身体の左側が妙に涼《すず》しく感じられた。ロクでもない兆候《ちょうこう》だ。

笑顔の人々を押しのけて、ジャイギが前へ出た。

「点数を稼いだな」

ハヤトを指さして歯を剝《む》いた。眼つきは少しも変わっていない。

「だが、おまえの立場は変わらんぞ。飛熊を斃したのは自分のためだ」

「ヴィオラを助けたよ」

とノデイラが異を唱えた。

「一歩遅かったら、二人とも押しつぶされてた。おれも助けたかったけど、足がすくんでしまった」

「バルジのときは、四人も死んだ」

ジャイギは呪詛《じゅそ》のような口調で続けた。

「みんな、忘れたのか？　あいつが余計なことを吹き込んだおかげで、死ななくてもいい若いのが四人もだ。ハヤトだったたな、覚えておけ。うちひとりは、おれの弟だった」

「気の毒にな」

とハヤトは静かに言った。ジャイギの眼の狂気が、ふと動揺した。ハヤトの言葉にはこころがこもっていた。

「おれの兄貴も、おれよりずっと若いときに死んだ。おまえの気持ちもわかるような気がするが、おれとバルジさんは関係ない。どうしても殺すというなら、抵抗するぜ」

「その必要はない」

頭上から声がした。声の主はとん、とハヤトの前に下りた。声のあたりで膜翼《まくよく》は畳《たた》んだらしく、膝を曲げて衝撃を逃がした姿勢から、すっと立ち上がった。

飛翔隊の頭《かしら》らしい。他の連中も次々と着地していく。

ハヤトに白い歯を見せてから、若い顔はジャイギに視線を合わせた。

「彼がいなかったら、もっと犠牲が出ていた。追い出すことはなかろう」

「けどよ、ヒルキヤ。バルジの仲間だぜ」

飛翔者——ヒルキヤは今度はハヤトを見つめた。

「おまえも、おかしな説教をするつもりか?」

「何だ、そりゃ?」

ヒルキヤはすぐに眼をそらし、

「彼は大丈夫だ、ジャイギ」

と言った。

「どう見ても、バルジと違っておかしな説教を垂れそうには見えん。ま、心配なら追い出せ。ただし、殺したり傷つけたりする必要はあるまい」

「わかるもんかい」

ジャイギがなおも両眼に敵意を閃《ひらめ》かせたとき、

「そろそろわからんといかんな」

いつの間にか、白髪白髯《はくはつはくぜん》の老人が輪の外に立っていた。

「長《おさ》ラエル!?」

人の輪は左右に分かれ、老人のための路をつくった。

2

老人は壮漢《そうかん》と変わらぬ足取りでハヤトに近づき、肩に手を置いた。

「おまえが飛熊《フラベ》を射らなければ、まず一〇人以上が死んでいただろう。それは推測にしても、ひとりは確実に救われた。村の者ではない以上、その行為には報《むく》いねばならん。希望は〈山岳地帯〉の見物だそうだな」

「見学だ」

「よい。好きなだけ見るがいい。専従の案内をひとりつけてやろう」

「長ラエル」

右手が上がった。長ラエルは苦笑を浮かべて、

「本気か、ヴィオラ?」

「そうです」

きっぱりと言った。どよめきが広場を渡った。幾つかは嫉妬《しっと》のそれだった。

「——恩返しのつもりか?」

「それもあります」

「やめてくれ」

とハヤトは片手をふって異議を唱えた。

「何故《なぜ》だ?」

と訊《き》いたのは、意外にもヒルキヤだった。

「女は面倒だからだ。それにおれも男だ。変な気を起こさんとも限らねえ」

真っ先にジャイギが眼を剝いた。彼に代表される不穏な反応が生じる前に、手拍子混じりの大笑いが、早目に代表してしまった。

「これはいい。やめておけ」

正しい。実に正直な男だ。ヴィオラ——彼はここまで言って、なおヒイヒイと笑い残しを消化する長ラエルへ、

「嫌です」

娘は、はっきりと言った。

「ほお——何故だ?」

「この男は女を莫迦《ばか》にしている。あたしが引き下がったら、ますます増長させることになるわ。ほれ見ろ。女はよ、ってね」

「おい、ヴィオラ」

とヒルキヤが、さすがに呆《あき》れたように口をはさんだが、

「とにかくおれは断わる。案内役もいらん。勝手に見せてもらいたい」

とハヤトが申し出た。長ラエルは顔の皺《しわ》を深くして、

「村の中ならいいが、外はやはり危険だ。誰か――」

「おれが」

二人目の志願者は顎を押さえていた。ノデイラであった。

「ふむ。――よかろう」

長ラエルは満足そうであった。賛否も取らず、

「では、空屋へ案内してやれ。四番がよかろう」

幾つかの眼が村の方を向いた。

「待って」

ヴィオラがなおも追いすがった。

「もうひとりつけて下さい、長ラエル。ノデイラの邪魔はしません。それに二人のほうが便利だわ。女もいたほうが」

老人の顔を怒りがかすめたが、彼は肩をすくめてそれを圧殺した。

「どうだ？」

「断わる」

とハヤトは断固、首を横にふった。ヴィオラはそっぽを向いて、

「勝手にしなさい。あたしも勝手に面倒を見るわ」

またも、どよめきが湧《わ》いた。この娘はとびきりと言ってもいい人気者らしかった。

「やめろ、ヴィオラ」

「そうだ、他所者だぞ」

「ノデイラひとりで充分だ」

「そうだ、そうだ」

最後のはハヤトであった。美女の顔が怒りに紅潮した。

「ご決断を、長ラエル」

「おまえがどうしても彼の世話をするというのなら、彼の身は少々危険にさらされるかも知れんぞ」

「みなにおかしなことをするな、と命じないで下さい」

ヴィオラは、そっぽを向いたまま、

「こういう男は、危ない目に遭ったほうがいいんだわ。あたしが世話するのが気に入らないなら、みんなで抗議して頂戴《ちょうだい》。あたしにでも彼にでも。どんなやり方でもいいわ」

三たび、どよめきが夜気を圧した。今度は賛意で出来ていた。

「どうする?」

長ラエルが苦笑を浮かべて訊いた。

「いいとも」

ハヤトはうなずいて、美女を睨《にら》みつけた。

「こうなりゃ話は別だ。てめえの人気を鼻にかけて男をあおるって根性が気に入らねえし、それに乗る色ボケどももも虫が好かねえ。何匹でもかかって来い」

「ああ、喜んでかかっていくぜ。いつもノデイラとヴィオラが守ってくれるとは限らねえ。ひとりになったら気をつけろ。村中がおまえの敵だ」

ジャイギがこう言って歯を剝くと、

「勝手に決めるな」

と制した男がいた。ヒルキヤであった。彼はハヤトに白い歯を見せた。

「ジャイギの言い分もわかるが、おれはあんたの味方になる。見知らぬ女のために、飛熊の下へとびこんだ男の味方にな」

ハヤトは破顔した。

「礼を言うぜ。ありがとう」

それを待って長ラエルが、

「では、ハヤトとやらの案内役は、ノデイラとヴィオラに命じる。やり方は三人で相談して決めろ」

「おい」

うんざりしたようにハヤトは異議を唱えたが、注目する者は誰もいなかった。

「住まいへ案内するよ」

ノディラは村の方を向いて言った。

「お。ありがとう」

ハヤトは彼の後について歩き出した。ヴィオラも来るのかと思ったが、ふり返るといつの間にか消えていた。

女がしつこいというのは、学舎でわかっている。

——用心しねえとな
木製の広場を下りて、二人は村の奥へと進んだ。

空中から見た限りでは、岩山の斜面におびただしい平屋根の建物が密集しているとしか思えなかったが、その間には階段上の通路や、木製の橋や通りが渡され、村人はそれらを充分に利用していた。家から家へと飛翔すると思っていたハヤトには、かなりの驚きであった。

「昔はみんな宙を飛びまくってたんだ」

ハヤトの胸の中を読んだらしいノディラが指をさして言った。

「けど、空中からの狩りがいちばん上手《うま》かったヌイアミという男が、膜翼を裂いちまって森へ緊急着陸したとき、現われたリュウの子にあっさり殺《や》られた。空ばかり飛んでたもんだから、足腰が極端に弱くなってて、ろくに走ることもできなかったらしい。おれたちが出来るだけ歩こうとしているのは、その話を聞いて背すじが凍《こお》ったからだ」

「無理もねえやな」

「それでもやはり飛んじまうし、飛んだら事故が起きる。だから、見ろ」

ノディラの指は、あちこちから垂直に突き出た長い棒をさしていた。どれも平均で一〇〇キュビトはありそうだ。

少し眺めていると、飛んで来た村人のひとりがそれに掴まって膜翼を畳み、滑《なめ》らかに地上へ滑《すべ》り下りて来た。

「村中に、あの〝神の腕〟——救い柱《ばしら》が立って、屋根に下りられないほど支障をきたした者たちは、あれにすがって何とかすることになっている」

ようやく山の村らしくなって来た、とハヤトは満足した。

岩を削った階段を上がり、木の通路を何回か曲がって左右に岩盤が迫る隘路《あいろ》をくぐるように進むと、ひと目で無人と知れる家の前に出た。

一軒だけ明りが絶えている。

ノディラは先に立って、黒い家の扉を押した。

滑らかに開いたところを見ると、頻繁に出入りがあったらしい。空を飛ぶだけが〈山人〉たちの移動法ではないのだ。

——地上へ戻りたがっているのか？

そんな考えがかすめた。

空を飛ぶ連中の住まいとはどんなものか、興味半分、不安半分というところだったが、ハヤトたちの家とさして変わらなかった。

「部屋の内部《なか》にも羽が生えてると思ってたかい？普通だよ、普通。おれたちはこれを目指してるんだ。下の連中に、骨の中まで空《から》っぽだなんて思われたくねえからな」

ハヤトはさっさと机や椅子《いす》の具合を調べ、奥の寝間へ入ってベッドを試してみた。

「おれの家よりずっと住み心地が良さそうだな」

居間へ戻って告げると、ノディラは破顔した。

「そうかい。おれたちにしてみりゃ、海のほうがよっぽど暮らし易《やす》そうだがな」

「行ったことはないのか？」

「ああ。海辺の空気の流れは山と全然違う。実は一〇〇ヤー（一ヤー＝一年）くらい前まで海の上をめざして、かなりの数の村人が落っこちてるんだ」

「死んだのか？」

「戻ってきたって話は聞いたこともないよ」

「それで来なくなったのか」

「下の連中から見れば、簡単に飛び廻ってるように見えるけど、風に乗るってだけでかなり難しいし、それに逆らって好きなように飛ぶとなると、腕前の上手下手に随分と影響される。〈西《にし》の谷《たに》〉には、死体の山が出来てるよ」

「埋めないのか？」

「地面が固くてな。死人はみんな谷へ投げ入れてそれっきりだ」

それは優雅《ゆうが》に空を舞う彼らからは想像もつかない無惨な運命であった。

「あんたたちは埋めるのか？」

ノディラは、さしたる感慨もなさそうに訊いた。

死の歴史に慣れているのだった。谷底に捨てられた死骸が腐敗し、鳥や獣についばまれて白骨と化しても、さらにその骨さえ雨風にさらされ、雷《いかずち》に打たれて砕け散ったとしても、村の生活に何程の不都合も生じさせなければ、人々は疑念や是非《ぜひ》の葛藤《かっとう》に悩んだりはしない。

土に埋めるからといって、山の人々にとっては何程の思いも抱けないに違いなかった。


「死んだらどうなる？」

とハヤトは質問してみた。

「神の下《もと》へ行く」

「神様は何処《どこ》にいる？」

「遠いところ——遠いところに必ずおられる」

「上か下か？」

「上に決まってるだろ——おい、どうした？」

ハヤトは椅子にかけさせられた。

「大丈夫か？」

「ああ。軽いめまいだ」

「ベッドで横になれ。おれは長《おさ》のところで、食い物と水を貰《もら》ってくる」

ハヤトは額《ひたい》に拳を当てて、

「大丈夫だ」

と言った。

「いいってことよ。休んでろ」

「本当に大丈夫だ。いてくれ。訊きたいこともある」

――どうして、めまいなんか？

謎を解こうとしたが、答えは最初から出ていた。

ノディラは、上だと言った。

どうして、それを耳にした瞬間にこうなっちまったのか？

上？　上に何がある？

「――教えてくれ。何がある⁉」

3

ほとんど絶叫に近い問いかけに、ノディラに出来る答えはひとつしかなかった。

「知らねえよ、空だけしか」

その困惑ぶりがあまりに面白くて、もう正気に戻っていたハヤトは、吹き出したくなるのを必死にこらえた。

上についてはここまでにしておこうと思いながら、つい、

「――本当に空しかないのか？」

ねえよなあと自答しながら訊いた。ノディラは不愉快そうに唇を歪《ゆが》めた。

「嘘《うそ》なんかついてねえよ。そんなに上がったことはねえし、この翼じゃそんなに上がれねえんだ」

「どうして？」

「風が強いからだ」

「本当にか？」

「おれを嘘つきだっていうのか？」

ノディラの手は腰のナイフにかかった。

ハヤトは首をふった。

「いいや。おまえがその風に吹かれたかどうか知りたいだけだ」

ハヤトの眼から、ノディラは顔をそむけた。

「吹かれてねえ。長に聞いたんだ」

「長はいつも、風が強いから上へは行くな、と言ってるんだろう？」

「そうだ」

「バルジさんを追い出したのは長の命令か？」

「そうだ——おい、どうしてそんなことを訊く？」

「どこのお偉いさんも、〈世界〉について知られるのが嫌らしいな。よくおれを受け入れてくれたよ」

「〈世界〉って、ここと下の〈都〉や〈海〉以外にあるのか？」

「確かめてからでないと何とも言えんな」

「どうやって確かめる？」

ノディラが身を乗り出した。この若者もハヤトと同じ未知への探究心を持ち合わせているのだ。

「上まで行くしかないな」

ノディラは少しためらい、それから決心し終えたかのように、

「あんた——行くつもりか？」

と訊いた。

「準備が出来たらな」

ハヤトは両手を思いきり広げてから、高く掲げた。

「これじゃ、どうにもならない。その翼さえ生えてりゃなあ」

「生えなくてもいいんだぜ」

ノディラが明るい声を上げた。

「本当か？」

ハヤトは全身が震えた。思いもよらなかった機会に触れたり、触れそうになると発現する現象だ。

「おれもそれを付けて飛べるのか？」

「ああ。これは生まれつき付いてるんじゃねえんだ。みんな作りもんさ——ほら」

ノディラは左腕を高く掲げると、膜翼の腋の下あたりに右手を当てた。

かちりという音がしてから右手を離した。薄い翼は剝がれてついて来た。

「これは？」

「よく見ろ。ここのところに固定線具が付いてる」

指さした肘の下から腋の下を通って、胴の脇から太腿、膝の横、足首まで縦横一〇〇分の一キュビト

ほどの四角いレールが走っている。眼を凝《こ》らすと、その真ん中にさらに細い溝が同じ線を描いていることがわかった。

　レールの端を強くつまんで放す。またがちりと鳴ってレール全体が左右に開いた。もう一度つまむと、同じ音をたてて閉じた。

　ノディラは膜翼の端をハヤトの眼の前へ突き出した。

「金具が付いてるだろ。ここを溝にはさんで締《し》めるんだ。上の端だけ固定すれば、翼自体は自然にそこへ食いこむ。後はかちりでビクともしなくなる。線具自体は、みなの身体に縫《ぬ》いこんであるんだ。鳥の翼なんかよりよっぽど強いから、〈烈風地獄《れっぷうじごく》〉にぶつかっても外れねえ。ただしキリキリ舞いした挙《あげ》句《く》、落っこちるのがほとんどだから、絶対に接触しちゃなんねえがよ」

「おれにもその翼は付けられるってことか？」

「ああ。ただし、線具を付ける手術を受けなくちゃならねえ。かなり痛いし、動けるようになっても一から飛翔術を習ったら、飛ぶだけで一ヤー、自由に飛べるようになるまで最低三ヤーはかかるぜ」

「一ヤーか」

　ハヤトは考えこんだ。すぐ何かを決心したようにうなずき、

「とにかく、それを付けて飛べるようになれば、何処へでも行けるんだな？」

「風によるぜ」

　ノディラはあわてて言った。

「おれたちは鳥みてえに自力で飛ぶことはできねえ。風を利用して前進や方向転換するんだ。〈山岳地帯〉の外には、幾らも無風地帯がある。そこへ入ったらおしまいさ。それに物騒な鳥や飛行獣もわんさかいるんだ。何処でもってわけにはいかねえよ」

「それでも飛べれば――上へ行けるだろ」

「そら、まあな。おいおい、まさか本気で飛ぼうってんじゃねえだろうな。いくら何でも、今日翼を見

た奴が明日飛ぼうなんて無理だぜ。身体に線具を縫いつけるのだって、途中で死んだり、中断する連中が結構いるんだ」

「それだ」

ハヤトは身を乗り出した。

「何とかその線具をおれにも付けられないかな?」

「無茶いうな。村の連中以外は駄目だ。噂《うわさ》を聞いて、下からも何人かやって来たが、みな追い払われるか殺されるかしちまった」

「内緒でしてもらえないか?」

「無理だって。バレたらその場で殺されるぞ。おれもそんな手伝いをするつもりはねえ」

「金ならあるぞ」

「何ちゅうこと言うんだ、おめえは」

ノディラが眼を剝くのを見て、ハヤトは吹き出したくなるのを夢中でこらえた。この若者は根っから真面目《まじめ》なのだ。

しかし、ハヤトの胸の中では、〈世界〉を見ることと飛翔とが情熱の炎に焙《あぶ》られ灼《や》かれ、もはやひとつに融《と》け合っていた。

「その線具を縫いつけてくれるのは、誰なんだ?」

「ヨガミ医師《せんせい》だよ」

「何処にいる?」

「おい、よしてくれ。教えられるか」

「頼む。その医師のところへ連れてってくれ。どうしてもおれは空を飛びたい。この〈世界〉を上から観察してみたいんだ」

「だから、無理だって」

「じゃあ、場所だけ教えてくれ。おれがひとりで行く」

「おれの立場はどうなるんだよ?」

ついにノディラが歯を剝き、拳を握って立ち上がった。

ハヤトが自分を通せば、好意から案内役を買って出てくれた若者と、攻防を繰り広げる羽目《はめ》になりそうだ。

思いもよらぬ救いの手が差しのべられたのは、その瞬間だった。

「何ともならないわ」

戸口にヴィオラが立っていた。ハヤトを睨みつけたまま、

「憎らしい奴だけど、案内役を引き受けずに、行きたいところへ連れていってあげる。ありがとう、ノディラ」

こう言って、ようやく村の仲間に笑顔を向けた。

「けど、ヴィオラ」

「自分を救《たす》けてくれた恩人を、家族に紹介するのは当然のことでしょう」

「家族？」

「あたしの名はヴィオラ・ヨガミ。タミリ・ヨガミは祖父よ」

「ついでに言っとく、長ラエルはラエル・ヨガミ——父親だ」

とノディラが引き取った。


ハヤトは肩をすくめて、白い歯を見せた。それが大物の娘への反応の全てだった。

「しめた、と言わせてもらおう。すぐに会わせてくれ」

ノディラは呆れ果てたという表情をこしらえ、ヴィオラは大きく破顔した。少なくとも不快を示してはいなかった。

「多分そう言うだろうと思って、根廻しをして来たの。いつでもいいわよ」

こう言って、ヴィオラは二人に背を向け、家来を連れた女王のように先に立って歩き出した。階段に出ると、

「歩くと時間がかかる。ノディラ、飛ぶよ」

ハヤトの腰に左手を廻し、右手を上げた。ノディラも後につづく。手は反対である。階段から身を躍《おど》らせた。

落ちていく身体が途中で止まり、三人は一気に上昇した。

――こりゃ楽だ
ハヤトは気にかかっていることを口にした。

「風に乗って飛ぶっていうが、逆風のときはどうするんだ？」

「さっき言ったろ。それは飛ぶほうが翼や身体の動きで調節するんだよ」

ノディラが眼を細めて風を防ぎながら答えた。

「へえ――わっ⁉」

いきなり落ちた。

浮力は一瞬にして失われ、三人は石のように落ちていった。

いきなり止まった。いや、落下速度が落ちて、それからまた上昇に移ったのだ。

「どう？」

ヴィオラが小莫迦にしたように訊いた。

「死ぬかと思ったぜ。心臓が止まりそうだ。触ってみるか？」

「真っ平よ。ちっとも怖がっていないくせに。それともただの鈍い男？」

「いや、おまえのやることがわかってたんだ」

ヴィオラに話しかけたノディラの声は、畏怖《いふ》の響きがあった。

「そうだろ？」

「まあ、な」

「――えらそうな男」

ヴィオラが鼻の先で吐き捨てた。

「落としてやろうかしら」

「ああいいぜ。どうせ助けに来るんだ」

「こいつう」

いきなり、急降下に移った。

――こいつ本気でやる気か！

一瞬ひやりとした。女のやることは正直、半分くらいしかわからない。

だが、ヴィオラとノディラはまたもぎりぎりで速度を落とし、かなり広い庭の一角に軽《かろ》やかに舞い下りた。

月の光できれいに並べられた花壇や花が見えた。どれもそばに突風用の箱型の覆《おお》いが置いてあるのが、この村らしい。太い木も何本か植えられていた。

——石の下に根を張っているのか
風がハヤトの髪を乱した。

ヴィオラは前方の黒い家の戸口まで行って、木の扉を叩いた。

すぐに板をずらす音がして、光がこぼれた。

「入って」

ヴィオラの姿は戸口の向こうに消えた。

戸口にがっしりとした男が立ってこちらを見つめていた。

背後からの光のせいで、輪郭《りんかく》以外は黒く塗りつぶされていたが、髪の毛だけが白い。ひと目でハヤトは信頼感を抱いた。

——医者だな
「よく来たな」

男らしい厚い声であった。

「お邪魔します」

「ほお、挨拶も出来るか。さすがはあの男の知り合いだ」

「バルジ——さんのことですか?」

「お入り。わしはタミリ・ヨガミだ」

老人は答えず、横を向いてハヤトを通した。

戸口をくぐるとすぐ、嗅《か》ぎ慣れた消毒液の臭《にお》いが鼻をついた。

他にもかなり刺激的な臭いが漂っていたが、ハヤトにはわからなかった。

ノディラが入ると、老人はすぐに扉を閉めて閂《かんぬき》をかけた。

入ったところは広い居間で、長《なが》テーブルを椅子が囲んでいる。

「かけろ。酒は飲めるな」

老人は三人がうなずくのを確かめて、木の戸棚から石の壺《つぼ》と盃《さかずき》をテーブルに並べた。

布製の上衣《うわぎ》とズボンをゆったりと身に着け、そこから突き出た首も腕も見事に太い。

――おれの拳でも一発じゃ倒せそうにないな
とハヤトは考えた。

「飲め」

と老人が言った。二人は盃を取ったが、ハヤトは、

「その前にお願いがあります」

と言った。

「なぜ飲まん？」

「酔って絡むと困ります」

全員、呆然《ぼうぜん》となったところで、

「これは面白い奴だな。相当イケるくちか？」

「人並みです」

にやりと笑った。

「わしみたいな爺《じじ》いよりはイケるという眼つきだな。ますます面白い。用件を聞こう」

「ありがたい！」

ハヤトは手を叩いた。

「あんたたちが付けてるその翼を、おれにも付けて欲しいんです。よろしくお願いします」

深々と頭を下げた。

「――何のためにだ？　これがないほうが安心といえば安心だぞ。上から敵が来たら家の中へとび込めばいい。空にいたらそうはいかん」

「そっちのほうが性に合ってます」

「化物と闘《や》り合うほうがか？」

「はい」

「〈平地〉から来る連中にはひとりだけ付けてやったことがある。よせというのに、おまえみたいに、どうしてもと言ってな」

「どうなりました？」

「一回目の飛行で落っこちて死んだ。しばらく気分が優《すぐ》れなかった。そのとき、もう下の者に翼を付けるのはやめようと決心したんだ」

「そこを何とかお願いします」

ハヤトは床の上に正座し、両手を床に置いて頭を下げた。

「ならん」

医師はそっぽを向き、ハヤトはついに、

「この通りです」

「ならん」

「この野郎」

「え？」

きょとんとする医師へ、ハヤトはゆっくりと立ち上がって、

「黙って聞いてりゃ、いい気になりやがって。ぐだぐだ言わずに――」

怒髪天《どはってん》を衝く勢いに、医師もひるんだ途端、

「お願いします」

いきなり抱きついて情けない声をふり絞《しぼ》った。

一瞬、呆気《あっけ》に取られ、しかし、老医師はたちまち吹き出してしまった。

「実に面白い奴だな。よし――と言うわけにはいかん。ひとつ、試験をさせてもらおうか」

第八章　採用試験

1

　ヨガミ医師は明日にしようと言ったが、ハヤトは今すぐ頼むと固執した。

「どうしてだね？」

「明日は何が起きるかわかりません」

「しかし、ここにいれば」

「おれの村も安全だと思われていました。それが、〈海のものたち〉《シーソ》のために、滅茶苦茶《めちゃくちゃ》になりました。この村へ来たのも、寝ている間に、お孫さんたちが襲って来たからです。結果はどうあれ、おれは安全だの、次だのということを信じません。何とかお願いします」

　真っ向から堂々と無茶を乞《こ》う――というより強要する若者を、老医師はやや呆れた表情で見つめた。ヴィオラもノディラも同じだった。三人には共通点があった。呆れてはいるが、怒ってはいなかった。

　ヨガミ医師の葛藤は短かった。彼は溜息《ためいき》をひとつついてから、

「わかった。だが、少し厳《きび》しいぞ」

と言った。

「ありがとうございます」

　ハヤトは皺深い手を握ってふった。

「元気な奴だ。ま、でなければ、我が家へなどやっては来んな。来たまえ」

「ちょっと待って」

　ヴィオラが祖父に走り寄った。

「お祖父《じい》ちゃん――厳しいって、あれ？」

「そうだ」

　ヨガミ医師は孫の顔を見ようとはしなかった。

「いきなり無理よ。自力で飛んだことなんかない素人《しろうと》よ」

　老医師が応じる前に、ハヤトが反応した。

「おい、余計なこと言うなよ。おれは何でもやるぜ」

「そうね、あなたなら初歩からやっても二〇デ（一デ＝一日）くらいでこなせるかも知れないわ。でも、いきなりは無理よ。お祖父ちゃん——また死ぬわよ」

「彼の望みだ」

老医師はハヤトを見た。

「そうとも。先生——遠慮しないで下さい。駄目なら諦《あきら》めます」

「死ぬかも知れないのよ！」

ヴィオラが睨みつけた。

「下で会ったとき、おれが暴れたらどうしてた？」

ハヤトが訊いた。娘は沈黙した。

その肩をたくましい拳が叩いた。

「悪いことを言っちまった。済まん。ノディラが殺そうとしても、おまえが止めてくれただろう」

「おい」

抗議しかけたノディラへ、協力しろと顔をしかめて見せ、

「おれは試験を受ける。この先にあるもののために、ここへ来たんだからな。気持ちには礼を言うよ」

「莫迦な男」

ヴィオラは下を向いて吐き捨てた。

「勝手にしろ。死んだら、谷底へ落っことしてあげる」

「頼みます」

ハヤトの言葉とそれに込められた意志に、老医師は小さく、しかし、力強くうなずいた。

老医師は居間を出て、廊下を奥へと進んだ。行き止まりにもうひとつのドアがあった。武骨な鉄の錠前がぶら下がっている。

老医師はベルトについた鍵束《かぎたば》を外《はず》して、錠前を開《あ》けた。

「それ、何処で？」

とハヤトが錠前を指さした。

「これがどうかしたか？　おまえの村にもあるだろ

う？」

「いや、随分《ずいぶん》と立派な品だから」

　ハヤトの家の錠前など、砕《くだ》いた石に鉄の棒を通しただけの粗雑な品である。それが、これは全部鉄で出来ている。

「実は昔、かっぱらって来たんだ」

　老医師は涼しい顔で言った。

「？」

「そんな顔をするな。若い頃、こっそり〈都〉へ下りてな。確か政庁内の蔵のひとつだった。見張りを眠らせて鍵束とこれを頂戴して来たのだ」

「ふんぞりかえっていいんですか？　かっぱらい犯が」

「何だ、その言い草は？　一生空どころか地面も歩けないようにしてやろうか？」

「いちいち餓鬼の言うことに反応しないで下さい」

「二度と侮辱《ぶじょく》するなよ、試験を倍も難しくされたくなかったらな」

「わかりました」

　ハヤトは神妙な顔で言った。

「わかればよろしい」

　重々しくうなずく祖父に、ヴィオラがついに吹き出した。ノディラはまだ必死にこらえている。

　扉を開くと、闇が待っていた。老医師は先に立って内部《なか》へ入り、右方の壁の近くで何かをかちかちと合わせはじめた。火花がとんだ。火打ち石である。

　この辺は村と同じだと、ハヤトは受け入れた。化物もやって来るが、こちらは恒常的、ハヤトの村は滅多にない。このあいだの襲撃は異常事態なのだ。まだ、村のほうが安心かと思った。

　炎が室内を照らし出した。壁に油皿が嵌めこんであったのだ。光量からして、何十とある皿に、しかも、いっぺんに点火できたらしい。

　ハヤトがそれに気づくことは一生なかった。意識は室内の光景に奪われていた。

　びっしりと家が建てこんでいた山中の村のどこ

に、こんな広大な空間があったのか。

天井までは五〇キュビト、ハヤトの位置から前後左右に一〇〇キュビトはありそうだ。

あちこちにそびえる柱には足場の代わりらしい棒が打ちこまれ、それがハヤトの気を引き締めた。

他にも幾つか、何に使うのか見当もつかない器具が並んでいる。

ハヤトの眼を引きつけたのは、天井の半ばまでありそうな木の櫓《やぐら》であった。

頂きからせり出した台は言うまでもなく跳躍用だ。

――あそこから飛ぶんだ
熱いものがハヤトの全身を駆け巡りはじめた。決して止められぬ血の流れだ。

案《あん》の定《じょう》、老医師はぶらぶらとそちらの方へ歩き出した。思いきり足踏みをしたい気分で、ハヤトはその後を追った。両足全体がムズムズする。興奮の証《しる》しだった。


櫓の下まで来ると、老医師は妙に緊張した表情でハヤトをふり返り、

「上がれ」

と命じた。

「おお」

前へ出るより早く、さっさと木の段を昇っていく医師に、ハヤトは少し驚いた。一緒に飛ぶつもりか?

後を追いかけてすぐ、ハヤトは舌を巻いた。これが飛翔人なのか、一段ずつ足を乗せねばならないハヤトに対して、手すりを補助に、軽々と三段四段――それも肥満体といっていい身体を、海鼠《なまこ》みたいにくねらせて、水から浮き上がるみたいに上がっていく。

「どうした、どうした?」

てっぺんの台から呼びかけられたとき、ハヤトはまだ二〇段以上残していた。

それでも息ひとつ切らしていない若者を、少し感

心したような眼つきで眺め、老医師は台の先に導いた。

　天井から何本もロープが垂れている。うち一本を引いた。

「おお!?」

　ハヤトが感動の声を上げた。

　別のロープを巻きつけて下りて来たのは、間違いなく膜翼であった。翼だけではなく、何の生地かわからない半透明の上衣みたいなものがついている。

「着けろ」

　上衣のように着ると、重さはほとんど感じられなかった。ノデイラの翼とは全く異なる。試験乃至《ないし》練習用だろう。

　これだと、飛翔中にものがぶつかったり、面と向かって強い風が吹いたら、簡単に破損してしまいそうだ。

　しかし、みなこれで空を飛ぶ。

——やってやる
身震いが出た。

　前ボタンをかけて、両手を広げた。

「うわ!?」

　いきなりバランスが崩れた。

　台の縁《ふち》まで、とと、と進むのをしっかりしろと老医師が後ろから抱きかかえてくれた。

「何をする？　後ろから押したな」

　思わず声を荒らげた。

「風だよ」

「風？　室内だぞ」

「いま、わしが吹きかけてみたんだ。これくらい」

　ハヤトの耳もとを、かすかな吐息が渡った。

「まさか、これくらいで？　大風食らったみたいだったぞ」

「それくらい、この翼は風——というか、空気の流れに敏感に出来ている。風の吹かぬ空はない。だから巧みな飛翔は大難事なのだ。本来、上手く風に乗れば、枝にとまることなく飛べる。それが出来るの

だ」

「確かに、な」

「もう後戻りは出来んぞ」

「わかってる。どうすりゃいい？」

「とりあえずは、その縄に支えられて、練習場を廻れ。速度は適当に変える。そのたびに何とか切り抜けてみろ」

「わかった――いちばん強く廻してくれ」

老医師の顔から表情が消えた。

「いいのか？」

声も石のようだ。

「もちろんだ」

「よし。行け」

凄まじい風圧が続けざまに右、左と翼を押した。

老医師が思いきり息を吐いたのだ。

さっきとは比べものにならない速さで、ハヤトは前進した。しかし、もう声を上げず、驚きもしなかった。遊びではない。ひとつ間違えれば、床に叩きつけられる。分厚いマットが敷いてあるのは見たが、打ち所が悪ければ死ぬ高さだ。

跳んだ。

がくん、と下がり、それから凄まじい勢いで跳ね上がった。前方ではない。右斜め上空へ――尻から。


台へ戻ったとき、ハヤトは二本足で立っていた。

老医師と、ヴィオラ、ノデイラが迎えた。

「どうだった？」

とハヤトは訊いてみた。しっかりした声である。

「信じられないわ」

まずヴィオラが反応した。

「全くだ」

ノデイラの顔は虚《うつ》ろだった。

最後の見届け人は、まず平手で額《ひたい》を叩いてから、

「今、村でいちばんの飛翔の名手はヒルキヤだ」

と言った。

「その彼も最初は一回転で眼を廻した。それが――一〇回でも立ってる」

「合格したらしいな」

ハヤトは低く言った。

「飛翔に合格などない。巧みさなど死ぬまで判定出来ん。だが、おまえは明日からみなと一緒に飛べ。必要なのは実践だ」

ハヤトが、にっと笑った。

途端《とたん》に腰が砕けて、駆け寄ったヴィオラとノディラが両腕を支えた。

「やっぱ、人間《ひと》だったわね」

「安心したぜ」

二人も笑み崩れている。

「うるせえ。手を離せ」

ハヤトは台上にぶっ倒れた。

二人を見上げて、

「本当に離すな、莫迦野郎」

低く喚《わめ》いてから、がくりと首を折った。間を置かず、男性的な寝息が三人の耳に届いた。

「逸材《いつざい》だ」

と老医師が認めた。

「彼なら、どこまでも休まず飛んでいける」

「じゃあ、仲間ね」

ヴィオラの声に、ノディラもうなずいた。

「そいつはどうかな」

「え？」

ヴィオラは眉をひそめて祖父を見つめた。

「彼は空を飛ぶために〈山〉へ来たのではない。目的は別にある」

「〈世界〉を見るためだって」

「あの男もそう言ってなかったか？」

娘は沈黙した。

「彼の眼の光は、あの男と瓜《うり》ふたつだ。だとしたら、この村と空とに収まってはいまい。いずれ――すぐに出て行くだろう。おまえたちがどう思っているか知らんが、それは頭に入れておけ」

「わかったわ」

ヴィオラがひと息ついて、ハヤトの腕と肩を摑んだ。ノデイラが反対側を受け持って担ぎ上げた。

「はじめて見たときから、ね。じゃ、今夜はこれで——明日からしごいてやるわ」

ふり返って笑う孫娘へ老医師は笑いかけた。だが、階段の方へと向かう後ろ姿を追う眼差しは、ひどく悲しげであった。

2

いつもの時刻にハヤトは眼を醒《さ》ました。昨夜あれだけしんどい思いをしても、身についた習慣だけは変わらないらしい。

真っ先に感じたのは違和感であった。奇妙なことに、違う、というそれではなく、同じなのであった。

外へ出ると、違和感は確信に変わったが、眼下に広がる眺めが、それを忘れさせた。

風の力を知り尽くした石の家々は、急角度で落ちる石段に沿って視界の隅まで広がり、意外なことに、その多くが緑に飾られていた。あの舞台もこの高みから見下ろせば、ささやかな木組みに過ぎなかった。

四方には緑の峰々が互い違いに連なり、村を支える絶壁の下には、〈地上〉の森と〈都〉の家並みがはっきりと見えた。

山々が予想よりずっと低く思えるのは意外だったが、重々しく腰を落とした山の雄大さが、ハヤトを珍しく敬虔《けいけん》な気分にさせた。

太陽はもういつもの位置でかがやいていた。そこも海辺から見るよりかなり近いとハヤトには思われた。

ふと、気がついた。

「足りない」

「何が？」

女の声だった。

左方へ眼をやると、ヴィオラが前の道をやってくるところだった。

ハヤトのかたわらまで来て、ヴィオラが、

「早起きね——辛《つら》くない?」

と訊いて来た。

「何とも」

不愛想極《ぶあいそうきわ》まりない返事に、美少女は、皮肉っぽく笑って、

「なら、うんとしごいても大丈夫ね。お祖父ちゃんによく言っとくわ——で、何が足りないって?」

「ノデイラはどうした?」

ハヤトの中では、この二人はいつも一緒というイメージが出来上がっているらしい。

「そう言えば」

ヴィオラはやって来た方をふり返って、

「——遅れてるのかな。珍しいわ」

「いつもはちゃんと来るのか?」

「そうね。集まりにはいつも時間より早く来てるわね。寝坊したかな」

「見て来い」

「何よ、えらそうに。じき来るわよ。それより——早くお祖父ちゃんのとこ行きましょ。手ぐすね引いて待ってるわ」

「おまえも楽しみか?」

「勿論《もちろん》よ」

不意にハヤトが質問を変えた。

「ここの空気は、昔からこんなか?」

「え?」

「こんな味がするか?」

「少なくともあたしが生まれたときからは、ずっとこうよ」

「ふむ」

「どうかしたの?」

「ああ、少しおかしい」

「何が?」

「おれは、地上と山の上は違うと思ってた。特に空気はな。だが、海のそばでも山の上でも同じとは、な」

「何よ、それ？」

「潮の匂いがする」

「は？」

「海へ来たことはないのか？」

「ええ」

「海へ行った奴はいるな？　彼らはおれと同じことを言わなかったか？」

「聞いたことないわ」

　ハヤトはうなずいて、大きく伸びをした。今日は特別の日にしなくてはならない。ヴィオラを救った行為が効果を発揮している間に、飛翔術を会得《えとく》しなければ。人間《ひと》の心の変わりようは子供の頃から骨身に沁《し》みこんでいる。ここは敵の世界でもあるのだった。

　ハヤトが先に歩き出したので、ヴィオラは驚きを隠さなかった。

「道を覚えてるの？」

「当然だ」

「腹が立つ言い方ねえ」

　頭へ来るのは確かだが、ヴィオラは内心舌を巻いた。昨夜、ノディラと二人で肩を貸して家まで戻ったとき、ハヤトは半死半生だったのだ。

「ひょっとして——あれもわざと？　道覚えるのと、楽するために？」

　喧嘩を売るつもりで言ったが、ハヤトは黙って歩いた。

　一度も迷わずためらわず、祖父の家に着いた。

　迎えてくれた祖父の顔を見て、ヴィオラはすぐに異変を察した。

「どうしたの、お祖父ちゃん？」

「おれを嫌いな連中が来たな」

　ハヤトにも一発でわかったらしい。鋭い眼差しを素早く家中に投げかけ、

「無理しないでくれ。何ならひとりでも訓練する」

「阿呆《あほ》か。死ぬぞ」

「誰が来たのよ、お祖父ちゃん？」

「ああ、ジャイギと取り巻きが二人だ」

「おれに飛翔術を教えるな、と――そうだろ？」

「そうだ。他に村のこともあれこれしゃべるな、とな」

「しゃべっちゃまずいことがあるのか？」

老医師はうなずいた。

「そらま、幾つかはな。どこでもそうだ」

「とりあえず、飛翔術を頼みます」

「よし。だが、少し危険が伴うぞ」

ハヤトは平然としていたが、ヴィオラが表情を変えた。

「何するつもり、お祖父ちゃん」

「来い」

真っ直ぐ昨夜の鍛錬場へ入った。

櫓の方へ行こうとして、ハヤトはとまどった。老医師は足早に室内を横切り、奥の扉を開いた。

後を追って覗き、ハヤトはおっ⁉　と洩らした。

扉の先は木を組んだ舞台であった。幅六キュビト、長さ一二キュビトの先は何もない。台の先まで行けば、地面が見えるだろう。

ヴィオラが表情を険しくした。

「いきなり、外で？　無茶よ」

「ジャイギたちは、絶対に邪魔をしてやると宣言して帰った。時間をかければかけるほど、妨害される回数は多くなる。それよりは一発勝負のほうが、向こうも油断するし、彼の性分にも合っているはずだ」

「性分じゃ飛べないわ」

「昨日の試験をおまえも見たはずだ。あれが初回だぞ。きっと、やれる」

「お祖父ちゃん、自信があるの？」

「ある」

と言ったのは、ハヤトだった。

なおも抗議をつづけようとするヴィオラに、

「飛ぶのはおれだ。教えてくれる祖父さんがいいと言ってるんだ。邪魔するな」

「あんたのために言ってるのよ」

「女の出る幕じゃねえ。引っこんでろ」

「この莫迦男。間違ったら死ぬのよ」

「仕様がねえ」

なぜか、口元がほころびるのをハヤトは感じた。

「空を飛ぶのはおれのしたいことじゃねえ。目的は別さ。そのためには空を飛ぶ技術が必要なんだ。多分、おれが目的を見据えて進む限り、どんな邪魔や妨害もうまくはいかねえ。みいんな潰《つぶ》してやるさ。いちいち細かいことを気にするな」

「凄い自信だこと」

ヴィオラは呆れ返ったような眼で、たくましい若者を眺めた。

「あなたが通るといえば、邪魔者はひれ伏し、扉は自然に開き、山は動いて海は退《ひ》くってわけ？　まるで大いなるヤハヴァじゃないの。神さま気取り？でも神さまって、平気であたしたちを焼いたり殺したりするわよ。あんた、そうやって目的とやらを遂《と》げるつもり？」

「おれは神さまなんかじゃねえ。なりたいとも思わねえ。だが、これと決めた道を行けば、それは拓《ひら》かれると信じてる」

「邪魔する連中も自分のしてる事が正しいと信じてるわよ」

「おれは正しいなんて思ってない。そうしたいだけだ」

「それだけ？」

ヴィオラの眼が爛《らん》とかがやいた。

ハヤトは苦笑を浮かべた。

「まともな奴よりまともな女のほうが面倒臭《くせ》えな。正直に言おう。おれのしてることは、しなくちゃならねえことだと思ってる」

「信じてる？」

「いいや」

はっきりと言った。

「よかった」

ヴィオラは眼を伏せて、ぎごちなく言った。

「自分を信じるだの、信じる道を行くなんて言い出すと、必ず周《まわ》りが迷惑するの。あなたは前だけ見て進む人間じゃないようね」

「そんなことわからねえよ。だが、邪魔するんなら力ずくで除《ど》ける。おまえそんなことするつもりはねえだろうな?」

「あんたのやることや行く先なんて興味のかけらもありません」

「そいつはありがてえ。おまえはノディラと同じく単なる案内役だ。祖父さんと会わせてくれたのはいいが、余計な真似するなよ」

「誰がしてやるもんか、この横暴野郎」

「ああそれで結構だ。これ以上、邪魔するな」

ハヤトは背を向けて台の前へと進んだ。


先端から下を覗き、にやりと笑った。

「入って着けろ」

と老医師が膜翼を放った。

受け取ってハヤトは室内へ戻り、飛翔具を身に着けた。

「わしの勘《かん》だと、これから風が強くなる。実践にはもってこいだ。死ぬにもな」

「ありがたいこった」

ハヤトは巧みに腕を胴に付け、翼が風の影響を受けないようにして台へ乗った。

「ねえ」

ヴィオラが声をかけた。声はたくましい背に当たって撥《は》ね返った。

「世話になったくらい、言ったらどう?」

ハヤトは足を止めた。台の端だ。両足は半ばまではみ出ていた。

そのとき、前触れもなく、吹いた。

周りの木がざわめく。

それが右横から斜め左上方へ吹き抜けた瞬間、ハヤトは身をひねり、まっすぐ風に追われる姿勢を取るや、板を踏み切った。

　このとき、もう一度とどめのように、風が背を押して、ハヤトを空中で一瞬、停止させた。

　彼はふり向いた。忘れてはならないことを、ようやく憶い出したかのように。

　だが、何も言わず、彼は石のように落ちていった。

　ヴィオラが駆け寄った。

　ハヤトは頭から落ちていくところだった。ぐんぐん小さくなる姿が、ヴィオラに眼を閉じるよう命じた。

「いかん!?」

　祖父の叫びが風となって、横なぐりにヴィオラへ叩きつけた。

　空に浮いたとき、恐怖はなかった。それから心臓がどかんと鳴って、全身が震えた。

　悲鳴の尾を引きつつヴィオラは落下して行った。

　まだ死にたくない。生きろ。行きたい。何処へ？　誰と？

　——と
　風の唸りは死の哄笑《こうしょう》だった。訳もわからない絶望の中で、ヴィオラは不思議なものを持ちつづけていた。

　それが希望だと知ったとき、衝撃が震えを弾きとばし、たくましい腕が彼女を抱いて、力強く上昇を開始した。

　涙でぼやける視界の中で、浅黒い男の顔が、

「世話になったな」

と言った。それから、

「借りは返す」

と。

3

膜翼による飛翔は、基本的に風に支配される。風は翼ある人間に大空の支配を許し、突如《とつじょ》、錐《きり》もみと墜落《ついらく》と激突とを強制する。

それを防ぐべく、人々は細心の注意と筋肉の微妙な動きをもって、膜翼を風と融和させようとした。

わずかな翼の傾斜と神速の微蠕動《びぜんどう》が風を制禦《せいぎょ》し、風に逆らい、風を操《あやつ》って飛翔に自由を与える。

地上で感じるわずかなそよ風の中を、人間《ひと》は一ワー（一ワー＝一時間）に二〇万キュビトも飛ぶことが可能だ。

ヴィオラはそれを知っている。だからこそ、両手に自分を抱いて悠々《ゆうゆう》と空を駆けるハヤトは、信じ難い存在であった。

「どうして、こんなことが出来るの？」

思わず訊いた。

「何となくだ」

それは、ヴィオラを納得させるに充分な理由だった。

「放り出してよ。これくらいの風ならあたしにも乗れるわ」

いきなり、彼女は空中にいた。

「きゃあああああ」

狂乱と死を救ったのは、こんな状況での救命法を叩きこんだ飛翔術の特訓であった。

両手を思いきり広げて風を受け、浮遊状態を確保。風が双方向以上から吹きつける場合は、膜翼を畳んで垂直降下に移った上で、一方向のみの地点で浮遊する。

風は東と北から吹いていた。

ヴィオラは身の毛もよだつ降下に移った。四〇キュビトほどで北からの風のみになった。

広げた両腕に、ずん、と降下中断の衝撃が加わった瞬間、安堵の涙が噴きこぼれた。それが憤怒《ふんぬ》の血涙に変わるのに時間はかからなかった。

　頭へ血が昇るのと等速度で、ヴィオラは上昇を開始し、悠々と西へと進むハヤトに追いついた。

　右方に並ぶと、

「早かったな」

　と声をかけて来た。

「なに爽《さわ》やかな挨拶してんのよ。この人殺し」

「おまえを放り出したことなら、その女はいまおれを睨みつけている。人殺し呼ばわりはなかろう」

「人を空中に放り出せば人殺しと同じよ」

「放れと言ったのはおまえだ」

「この唐変木《カラカラー》」

「何だ、そりゃ？」

「何でもないわ。去《い》っちまえ！」

　罵《ののし》った頬《ほお》を黒い光がかすめた。

　ハヤトが顔を上げた。鋭い眼が、右上空から接近してくる人影を捉えた。五人分だ。頭から黒いマスクを被《かぶ》っている。

「おまえの悪口を聞き違えたらしいぜ」

　その右肩をまたかすめた。

鉄の矢だ。

「逃げろ」

　とヴィオラに命じた。

「嫌よ。武器ならあるわ」

　と腰の山刀を見る。

「飛びながら使ったこともあるわ。色んな凶鳥《きょうちょう》相手にね」

「向こうは飛び道具だ。相手にならん。逃げろ」

「嫌よ」

「おまえへの借りは返した。放っておくぞ」

「いいですとも」

　真っ向から啖呵《たんか》を切ったヴィオラの身体が大きくゆれた。

　三本目の矢が右の膜翼を上から下へと打ち抜いたのである。

　ヴィオラは真っ逆さまに落ちていった。

「いい急降下だ」

　と並んで降下するハヤトが声をかけて来た。もっとも風圧でつぶれた声が、どこまで解読できたかは不明である。

「嫌がらせに来たの？　一緒に死んで」

「いいだろう」

「え？」

　ヴィオラは顔の筋肉が引きつるのを感じた。笑っているのかと思い、あわてて打ち消した。

「あいつら、どう？」

　ハヤトは首をねじ曲げ、

「追いかけてくるな」

　二人の頭上を嫌な音をたてて矢が飛んで行った。

「やっぱりね。空中での戦いに憧れていても、うまく飛びながら両手で武器を操るのは難しいのよ。ね、反撃に出ない？」

「いいのか？　村の連中だろ？」

「こっちの生命を狙ってるのに、村も何もないわ。敵か味方か、生きるか死ぬかよ」

「よし」

　ハヤトの決断は早かった。

「こうなった以上、おまえは足手まといだ。下で待て」

「嫌よ」

「言われたとおりにすれば助けてやる」

　下方から濃密な緑の広がりが近づいて来つつあった。森だ。

「嫌だ」

「達者でな」

「ね、助けて」

　ヴィオラの細いが強靭な腰に左腕を巻き、ハヤトは残る右手で空気流を右へ弾いた。

　落下速度を打ち消す反動が、水平飛行に移ろうとする二人の身体へ、凄まじい負荷をかけてくる。腰《よう》椎《つい》と背骨が音をたててきしむ。

　痛みは、しかし、水平飛行に移るや消えた。

そこからなだらかな降下へ移り、ハヤトは巨木の大枝にヴィオラを乗せて、頭上をふり仰いだ。

「あいつら、待ってるな」

「ついて来られなかったのよ。あんたの飛翔術に」

「それはどうも。動かずにいろよ」

ハヤトは大枝の端へと走った。

思いきり体重をかけ、枝のしなりを利用して跳んだ。

両手を広げてひと掻《か》きする。

ゆるやかに浮き上がった身体を風に乗せるや、左手がかすんだ。凄まじい勢いで空気の流れを手もとに引き込んだのだ。一種の競泳に似ている。

ぐん、と上昇に移ったハヤトを、ヴィオラは呆然と見送った。あまりの飛翔ぶりに、感嘆すら忘れていた。

「なんて奴」

嫉妬さえこもる声であった。


ハヤトはすぐ敵の隊形の異常さに気づいた。

五人のうちのひとりの両腕を、二人が固めている。

負傷したはずがない。捕虜だ。

――人質か
どう出るかと思っていると、いきなり空手《からて》の二人が急降下に移った。闘《や》る気だ。

――そう来なくちゃな
興奮で胸が震えた。熱い血が血管と皮膚とを突き破って解放の歌を歌いそうだ。

地上での武器がここで使えるかどうか、いずれ試すつもりでいたから、実に好都合であった。今日はツイてる。

黒い物体が飛んでくる。

ハヤトは両手の革帯を神速でふった。矢はものの見事に撥ねとばされたが、衝撃でバランスを失い、身体がトンボを切った。

その間に敵は一〇〇キュビトまで接近していた。

充分な矢の射程だ。

ハヤトは左三〇度で上昇に移った。敵も追ってくる。

だしぬけにハヤトは急降下に移った。

二人は追いすがってくる。かなりの熟練者だ。

距離五〇キュビトで、ハヤトはトンボを切った。鮮《あざ》やかに二人の背後へ廻る。巴《ともえ》戦であった。

二人組も後を追おうとしたに違いない。だが、空気抵抗の処理はハヤトの比ではなかった。

わずかに上体を上げただけで、背中に石塊《いしくれ》の直撃を食らった。衝撃は心臓を後ろから貫いた。数セコ（一セコ＝約一秒）の停止は、彼らの飛翔術を狂わせ、五〇〇キュビトも降下するのを余儀なくさせた。

そこから水平飛行に移って逃亡するのを確かめ、ハヤトは残る二人と捕虜の下《もと》へと向かった。

敵は逃げなかった。

一〇キュビトの距離を置いて、三人とひとりは対峙した。

「誰だか知らねえが、人質を取っておれを脅そうとしても無駄だぜ。どんな言いがかりをつけるつもりだ？」

東南の風に逆らって浮遊状態を保つべく両手の角度をせわしなく変えながら、ハヤトは人質の見当をつけていた。

「彼を放せ」

右方の男が、そうはいかねえ、最後の切り札だ、と言った。捕虜はがくりと首を落としたまま、身じろぎしない。

右の男があっさりとその覆面を外した。

ノデイラであった。

顔が倍近くふくれ、青黒く充血している。滅多打ちされた結果だ。

「ひでえことしやがる。おまえらの仕業か？」

「おれたち五人のな。こいつを殺したくなかったら――」

男は言いよどんだ。殺すつもりが、そうはいかなくなって、さりとて、他の考えは浮かばず、つい――というわけだ。

「そいつには悪いが、おれの生命と引き換えにゃできねえな。伝えてやってくれ。おまえをこんな目にあわせた奴は、八つ裂きにする。それも二人まとめてこの場でな。安心して死んでくれ」

男たちを、はっきり動揺の翳《かげ》が包んだ。

「やっぱり、地上の連中は冷てえな。世話になった者が死んでも平気と来やがったぜ」

左の男が息を吐いた。

ハヤトの表情が動いた。

「あんた――飛態《フラベ》の騒ぎのとき、あそこにいたよな?」

と言った。男は空中の石像と化した。

「こう見えて、案外勘がいいんだ。顔も覚えてるぜ。名前は確か――」

凄まじい痛みが声を失わせた。


自らの意志で下降に移りながら、ハヤトはふり返った。

二〇〇キュビトほど後方から、覆面姿がひとりやって来る。その動きと弩《いしゆみ》を構えた姿をひとめ見て、他の奴らとは違うとわかった。こいつは厄介だ。

思ったとおり、ハヤトが急降下から急上昇に移り、巴戦に持ち込もうとしても、そいつを切り離すことも、後ろを取ることも出来なかった。右の肩に射ちこまれた矢を抜き取ったのがせめてもであった。

木を削った品だ。鉄だったら肩の骨を完全に砕かれたか、矢の重みで、バランスを狂わされ、地上へ真っ逆さまだったかも知れない。

突然、そいつはハヤトの前に現われた。二人は静止した。

「どうやった?」

思わず声が出た。

返事はない。相手もハヤトを知っているのだ。しかし、この勝ち誇ってもいい状態でなおも正体を明かさないとは、余程の精神力の持ち主といえた。

男は黙って弩を肩付けした。蒼穹《そうきゅう》の下で、確実な死がハヤトを捉えようとしていた。

だが、絶望の代わりに、男の見せた奇怪な飛翔術と矢をいかに躱して反撃に移るかが、ハヤトの脳が直面した大問題であった。

ふと、光が灯った。

遠くで喚く声が聞こえた。

刺客とハヤトが同時に視線をとばし、その交わる一点に、四枚の翼を広げた巨鳥を捉えた。

刺客が矢を放った。

翼の一閃《いっせん》で、それは撥ねとばされた。

翼長は四〇キュビト。大きく前方へのびた長い嘴《くちばし》のつけ根で、形容し難い色を湛えた眼が二人を見据えていた。

ハヤトはまだ知らなかったが、大空最大の脅威――〈双翼の大鷲《おおわし》〉が出現したのだった。

第九章　虚空《こくう》の陰謀《いんぼう》

1

　敵が上空の仲間を仰いで左手をふった。逃げろと命じたのだ。すぐに弩《いしゆみ》に手を添《そ》え、迫り来る凶《きょう》鳥《ちょう》に向けた。

　――大したもんだ
　ハヤトは舌を巻いた。弩は二ダカス（一ダカス＝約一キログラム）を超える。片手を離せば必然的に傾く。戻した手で調整しなければならない。敵は単に手を戻しただけである。武器は微動《びどう》だにしなかったのだ。凄《すさ》まじい膂力《りょりょく》といえた。

　大鷲《おおわし》は二枚の翼だけに飛翔《ひしょう》をまかせていた。

　――上の二枚は何のためにある？

　無用の器官など生物の世界では存在を許されない。不気味な品であった。

　敵はハヤトのことなど忘却したように見えた。凶鳥に怯《おび》えてもいない。それは距離を置いて伝わる闘志が物語っていた。

「おっ⁉」

　驚きが出させた声であった。

　敵がハヤトに向かって左手をふったのだ。仲間への指示と同じだ。逃げろと言っている。ハヤトは眼を疑った。

　巨鳥は敵の上空三〇キュビト（一キュビト＝約五〇センチ）あたりで旋回《せんかい》を開始した。攻撃法を検討しているのだ。

　敵は背面飛翔に移った。上から来いと誘っている。大鷲の急所は腹部らしい。

　自分に出来るか、とハヤトは考え、胸の裡《うち》で首を横にふった。背面だけならともかく、弩付きでは無理だ。

「やるなあ」

　これも自然に発した感嘆《かんたん》の言葉であった。

　巨鳥が輪を狭《せば》めはじめた。攻撃の前兆だ。ある程度まで来た一瞬に急降下に移り、その爪《つめ》か嘴《くちばし》で獲物を捕獲する。

敵は動かない。こちらも一瞬に賭《か》けているのだった。

ゆるやかな旋回が、突如《とつじょ》断ち切られた。ひとつ羽《は》搏《ばた》くや、敵へと降下する。

信じ難い恐怖の瞬間だったに違いない。殺戮《さつりく》はむしろ安らぎへの門であったろう。

敵はそれに耐えた。

逃げもせず、弩は小ゆるぎもしなかった。

凶面鳥は右斜め上方から襲った。

嘴が接触する寸前、敵は右へと移動し、上体をねじった。

びん！　と鉄線が震えた。首のつけ根に鉄の矢が射ち込まれても、鳥は表情ひとつ変えなかった。

GYOEEEHHH
明らかな苦鳴を迸《ほとばし》らせたのは、二〇〇キュビトほど下方で急上昇に移ったときである。

血走った眼が、復讐《ふくしゅう》の妄念《もうねん》を喚《わめ》き散らしている。

絶対に逃がさないと。

敵は体勢が立て直せずにいた。鳥とすれ違った瞬間、その巻き起こす空気流に攪拌《かくはん》され、数十キュビト弾《はじ》きとばされたのである。なおも荒れ狂う空気は彼を激しく回転させていた。

鳥の二度目の接近ぶりはむしろ悠々《ゆうゆう》たるものであった。

敵の五〇キュビト前方で、かっと嘴を開いたその右の眼に、斜め下から一ワー（一ワー＝一時間）速二〇万キュビトで叩きつけられた石塊《いしくれ》は、水晶体《すいしょうたい》も網膜《もうまく》もそれこそ瞬《またた》く間に破壊し、脳天まで衝撃した。

巨鳥が絶叫を放って傾くのを敵は信じ難い眼差《まなざ》しで見つめ、それから救い主を求めた。

ハヤトは二撃目の準備を整えていた。それでも巨鳥を斃《たお》せるとは思っていなかった。

「逃げろ」

と叫んで敵の後方を指さす。

敵が右手を左胸に当てた。びしりという音が聞こえそうな勢いであった。それから潔《いさぎよ》く背中を見せると、降下に移った。

それを見送る余裕はハヤトにはなかった。

傾き降下していった巨鳥が、ぐいと顔をこちらへねじ向けるや、上昇に移ったのだ。脳震盪《のうしんとう》は束《つか》の間《ま》であった。

――いかん
さっきのは不意討ちだから成功したが、正面切って勝てる相手とは思えない。こちらは本日開店の飛翔初心者なのだ。

脱出法はひとつしかなかった。

「よし」

瞬時に風の方角と強さを見極め、それに乗って二○キュビトほど水平右方に移動し、

「ここだ」

翼をたたんで下を向く。

ハヤトは石のように落ちていった。


耳もとで唸《うな》る風が、耳たぶを引きちぎろうと吹き荒れた。

急降下ではない。落下だ。これこそ、ただひとつの脱出法であった。

鳥の骨は空洞である。人間と比較して軽い。サイズからして体重はハヤトより重いだろうが、その表面積を考慮すれば、翼を折りたたんでも降下速度はハヤトに及ばない。鳥は落ちようとしないからだ。森の中――峡谷《きょうこく》に辿《たど》り着けば、ハヤトの安全は保障される。

巨鳥は降下に移った。ハヤトの落下には加速度もついていた。着地のための制動をかけても、巨鳥に追いつける可能性はゼロに等しかった。

そのとき――巨鳥に関する謎がついに解《と》けた。

使用目撃例のない上二枚の翼は、単なる威嚇《いかく》用だと思われていた。

それが羽搏いたのだ。交差するような奇怪な動きは、翼と胴とをつなぐ生物的蝶番《ちょうつがい》が、極めて異常

な作りなのだと思われた。

急速に落下が停止するのをハヤトは感じた。空気流の向きが変わったのだ。

突如、錐《きり》もみ状態に陥《おちい》った。天地が回転し、四肢《し》と首が胴体からもぎ取られる痛みが襲う。ハヤトは四肢《し》を丸めて耐えた。膜翼《まくよく》がどうなるか気になった。

戦慄《せんりつ》が走ったのは、身体が浮き上がるのを感じた瞬間だった。

異常な突風が彼をすくい上げて、天へと運んでいく。巨鳥の嘴の下へ。

謎の翼は、逃亡確実の獲物を強制的に引き戻すための空気流操作器官だったのである。

脱け出そうとしても、ハヤトの膜翼など到底及ばぬ巨翼の力であった。

「糞《くそ》！」

右半身がひどく冷たい。生命の危機を脳が理解したのだ。上空では巨鳥が羽搏きを続けている。つぶされた眼の怨《うら》みが、執拗《しつよう》な動きに表われていた。

あと一〇〇キュビト。

死の嘴が待っている。

天地はなおも回転を熄《や》めない。

限りなく澄んだ空をハヤトは見た。

死ぬのにふさわしい場所なのかも知れなかった。

――!?

視界が黒く染まった。

上昇気流が熄んでも、逃げる気にはなれなかった。

眼前に出現した光景は、何よりも運命というものをハヤトに感じさせた。

巨鳥にも敵がいたのだ。

「――何だ、こいつは？」

乱気流発生翼のつけ根に爪をかけて、その首すじに牙《きば》を食いこませている顔は、優に巨鳥の三倍を超えていた。

嘴は巨鳥より通常の鳥に近く、それだけ硬く頑《がん》丈《じょう》そうであった。

巨鳥の叫びが世界の空に響き渡った。怪鳥が首の肉を毟《むし》り取ったのだ。

鮮血が蒼穹《そうきゅう》を美しく染めた。

怪鳥がそれを呑《の》みこみ、新たな一撃を食いこませるまで、巨鳥は何も出来なかった。眼はすでに死を見つめていた。

新たな一撃が頸骨《けいこつ》をへし折った瞬間、巨鳥は全身を痙攣《けいれん》させて息絶えた。

怪鳥は新たな肉を剥《そ》ぎ取って嚥下《えんか》するや、はじめて鳴いた。

ハヤトが思わず耳を押さえたほど、凄惨残忍《せいさんざんにん》な叫喚《きょうかん》であった。

死闘の間、ハヤトは怪鳥の行為と外見を観察していた。

巨鳥の何処《どこ》か蜥蜴《とかげ》を連想させる肌合《はだあ》いや体型に対して、怪鳥は鳥そのものであった。

焦茶色《こげちゃいろ》の羽が頭部から足のつけ根までを埋め、腹部に数ヶ所だけある白い部分だけが、ひどく目立つ。足だけがうす茶色をした四本の指と、同じ色の鋭い爪を備《そな》えていた。軟弱そうな外見が実は凄まじい硬度と力を有していることは、巨鳥の首につけ根まで食いこみ、鮮血を噴出させている凄まじさを見ればわかる。

ハヤトはなお錐もみ状態にあった。巨鳥はすでに動きを止めていたが、それを平然と支えて力強く羽搏きつづける怪鳥の翼が、壮絶《そうぜつ》な風を吹きつけてくるのだった。

突然、最後の突風が襲った。

ハヤトよ、見ておけ。

青空に真紅《しんく》の霧を吹き巻きながら、魔の鳥は一気に上昇を開始した。

なんとたくましい姿。

なんと美しい色彩。

なんと凄まじい飛翔。

恐怖よりも、驚きよりも、ハヤトの肉体と精神を搦《から》め捕っているのは、恍惚《こうこつ》であった。

「何処へ行く？」

ハヤトは停止していた。怪鳥はすでに拳《こぶし》大の影だ。

危機は去った。下りればいい。ヨガミ医師《せんせい》もヴィオラも、生還を喜んでくれるだろう。

「よし」

ハヤトはきっぱりとうなずいた。

風は南東からだ。左の膜翼でバランスを取りながら、ハヤトは目的地を見た。

角度を決めてから、思いきり羽搏いた。

上昇であった。


枝の上でハヤトを待つヴィオラに、名を呼ぶ声が聞こえて来たのは、彼が去ってから五〇ミン（一ミン＝約一分）ほど後のことであった。

「ノディラ」

返す声に応じて、舞い下りて来た若者の顔を見て、ヴィオラは事情を悟《さと》った。

「あいつらに捕まってたのね、何てことを。誰？」

「わからねえ。今朝、家を出た瞬間にやられた。抵抗したらこの様《ざま》だ。顔は隠してたし声も出さなかったから、誰かはわからない」

「必ず見つけてやる」

憎しみをこめて言い放ってから、娘はノディラをふり返った。

「やめとけよ」

「どうして？　そんな目に遭わされたのに」

「じゃあ、ハヤトが出て行くまではよせ。おれを襲った奴はみんな頭へ来てた。村の連中を思い出しても、あそこまでやる奴は出て来ない。つまり、我慢しきれなくなっちまってるんだ。ハヤトがいる間は収まらない」

「彼は山へ来て飛翔術を習っただけじゃないの。黙って見てれば、すぐ出て行くわ。前に来たお説教屋とは違う」

「もっと悪いかも知れない」

「どうしてよ？」

　力みすぎて、枝がゆれた。二人は巧みに膜翼を調節して落下を防いだ。

「前の男は何もしなかった。恐らく、村の者をどうこうしようとする気もなかったと思うんだ。出て行った奴や出て行こうとした奴は、勝手に――自分の意志でそう決めたんだ。だが、ハヤトは何かしでかす」

　気のいいのんびり屋と思っていたノディラの眼に、ひどく深いものに当てるような光を見て、ヴィオラは驚いた。

「出来れば、村の外でやらかして欲しいと思うけど、多分そううまくはいかない。そのとき何が起きるかわからないが、おれは怖いんだ」

「だからって、まだ何もしてないのに――それに、あんたを」

「みな、おれと同じだと思う。そんな気がするだけで何もわかっていない。だから、凶暴になるんだ。襲撃は彼がいなくなるまで、今日も明日も続く」

　溜息《ためいき》をつきたくなるのをこらえて、ヴィオラは大空を見上げた。

　何処かにハヤトがいる。

　そのまま空に溶けてしまう――そのほうがいいのかと、ふと思った。


　長い長いあいだ、探し求めていた。

　決して諦《あきら》めることはなかったが、捜索範囲は怖《おそ》ろしく広大な上、視界は常に最悪であった。

　どれほどの時間《とき》が経《た》ったか彼にはよくわからなかったが、疲れや虚《むな》しさを感じることはなかった。使命はその巨体の最後の一原子まで自分に捧《ささ》げるよう命じ、彼もそのつもりであった。

　単調な世界に、突如、ある認識が生じた。

　見つけた！

　それが何かを彼は知らなかったが、探し求めていた相手なのは確かだった。

思いきり距離を詰めていく。

相手は気がついていない。

彼は慎重ということを学んでいた。これまで二度遭遇し、そのたびに逃げられた。

斃せる、と確信してからの相手の逃亡にも彼は怒りを感じなかったが、眼と耳をさらに研《と》ぎ澄《す》ませることは忘れなかった。

その成果がいまやっと形を整えようとしている。

もう逃がしてはならない。

それはわかっていながら、彼は声をかけたい衝動を抑《おさ》えるのに苦労した。

相手はまだ見えない。

だが——いよいよだ。

2

ハヤトが村へ戻ったとき、人々は中央広場に集まって、激論を交わしている最中だった。

夕暮れどきである。

青い光が全員を幽明《ゆうめい》の中で蠢《うごめ》く影のように見せていた。

議論の中心人物はヴィオラだった。

彼女は二ワー前までハヤトを待ち、ノディラとともに帰村した。

まず、祖父のタミリに事情を打ち明け、襲撃者を焙《あぶ》り出すと宣言した。

祖父は、村長《むらおさ》に話してみろと言った。

ヴィオラは少し考え、この提案を無視することに決めた。

こんなときに限らず、いかなるトラブルが生じた場合でも、父が村の平穏を第一に考えると知悉《ちしつ》していたのである。今回の襲撃者たちの念頭にもそれがあったのは間違いない。

村のためにという信念に支えられて行動した暴走者たちの背後に、父——長《おさ》ラエルは、自分ではそうと気づかず、微笑さえ浮かべて屹立《きつりつ》しているのだった。

無駄だ、とヴィオラは判断した。

村の中枢《ちゅうすう》が騒ぎの源《みなもと》を隠蔽《いんぺい》という名の布で包むことを選択するとわかっている以上、打つ手はひとつしか残っていなかった。

「よせよ」

とノディラも止めた。

「あんたも、なんて言わないわよ、臆病者」

ヴィオラは面と向かって吐き捨てた。樹上のやり取りでお互いの本音は出し合い済みである。ノディラは肩をすくめて家へ戻った。

広場には、緊急呼び出し用の木板が備えつけてある。それをぶら下がった木桿《もくかん》で叩くと村中に響き渡る。

たちまち血相変えて集まった人々は、闘志剝《む》き出しのヴィオラを見て首をかしげた。

過去の例を見ても、木板が鳴ったのは野獣、凶鳥の襲来時に限られている。個人的な理由でかんかんやれば、まず罰を与えられる。

どういうつもりだ？　と口々に問い質《ただ》す人々の前で、ヴィオラは、ハヤトと自分たちの飛翔中に襲った連中がいると指摘し、罰を与えるべきだと糾弾《きゅうだん》した。

反応は鈍《にぶ》かった。それは村人たちのハヤトに対する感情を如実《にょじつ》に示していた。

「この村じゃ、気に食わない人間は闇討《やみう》ちにしても罪にならないわけ？　正当な理由もなく人を殺しちゃいけないと決めたのは、何故《なぜ》よ？」

「それは村の中の話だ」

とひとりが異議を唱えた。

「外にゃ通用しねえよ」

「寝言を言わないで。あなた掟《おきて》について考えたこともないでしょ。掟ってのは束縛《そくばく》よ。人間《ひと》が人間《ひと》を束縛するなら、それはどんな世界にだって当て嵌《は》まるのよ。人を殺したら自分も殺される。殺し損《そこ》なってもそれなりの罰を受ける。それは殺そうとした精神《こころ》に対する罰なのよ。村だの外だのどういう関係があるの？」

「襲ったのが誰か、わかってるのか？」

「あたしに訊《き》くの？　あんたもみんなもわかってるはずよ――ジャイギ」

　ヴィオラは身体ごと顔を右へねじった。その前にジャイギがいた。

「おかしな言いがかりつけるなよ」

　屈強な男の敵意に満ちた視線をヴィオラは撥《は》ねとばした。

「夜明け過ぎから昼にかけて、どこにいたの？」

「自分の家だ」

「証人は？」

「女房と子供二人だ。おまえもよく知ってるタムとイーギだ」

「おい、証拠もないのに、ジャイギを疑ってるのか？」


抗議が飛んで来た。

「他にいる？」

「なあ、ヴィオラ、彼は外の者だぞ」

「だから、理由もないのに殺してもいいの？　飛態《フラベ》からあたしを救《たす》けてくれたのは、あんたたちじゃないわ」

　ヴィオラは語気を荒らげた。意識しないうちに、胸の中にわだかまったものがある。それを吐き出さないことには気が済まなかった。

「みんな、外の者には理解があるところを見せているけど、本当は違う。怖いのよ。自分の子供たちが外に魅《ひ》かれて村を出て行ってしまうのが。年を取ったら、もう他所《よそ》の世界を覗《のぞ》く気なんか起きない。だからここにいるしかない。これは仕方がないわ。でも、若い者たちが出て行くのを止めるために、そんな意図《いと》もない、ただやって来ただけの人間《ひと》を襲うなんて許せない。そんなにこのちっぽけな村が大切？　若い連中がいつも不満を抱えて、空の向こうへ飛んで行きたいと夢見ているような場所が？　ハヤトがいつ戻って来るかわからないけれど、来たら彼と一緒に、あたしはこの村を出て行きます」

　驚きの声が、おびただしい顔の間を渡り、すぐ非難のそれに変わった。

　その中からひとつ大きく、

「いい加減にしろ、ヴィオラ」

　人垣《ひとがき》を押し分けて前へ出たのは、長ラエルであった。実の娘を見る双眸《そうぼう》は怒りに燃えていた。村人の眼が親娘《おやこ》の顔を往来した。

「これ以上、騒ぎを起こすと処罰するぞ」

　決定的な父のひとことにも、娘は怯《ひる》まなかった。

「平穏が正しいって誰が決めたのよ？　あたしは生まれたときからここを出たかった。大空を自由に飛び廻るっていうけど、太陽にも近づけない。海の上に出るのがやっとで、何が自由なのよ？　長ラエルそして、みんな、キャスラドを覚えてる？　二ヤー（一ヤー＝一年）と少し前に墜落《ついらく》して死んだ子よ。まだ一〇歳だった。みんな、翼の不備だの、彼の飛び方が悪かっただの言うけど、お祖父《じい》――タミリ医師《せんせい》だけは本当のことを教えてくれた。原因は膜翼が溶けてしまったこと。彼は太陽に近づきすぎたのよ。あたし、それを聞いた瞬間にわかった。彼が死ぬ少し前、話したことがあったから。彼は飛翔台の端に腰かけて、ずっと空を見つめてたの。何か気になって声をかけると、

『この空の向こうには何があるんだろうね？　行ってみたいなあ』

　だって。それから、太陽を指さして、

『触《さ》われるかなあ』

　って言ったわ。あたしが返事をする前に親が呼びに来ていなくなっちゃったけど、あの子は本当に太陽に触わりに行ったのよ。あたしもそうするわ」

　ヴィオラは身を震わせて宣言した。ひどく誇《ほこ》らしく、虚しい気分だった。後で落ち込みそうだ。それも徹底的に。

誰かが何か言った。鼓膜《こまく》を震わせたそれを、ヴィオラの脳は確かに再生したが、どう反応していいかわからなかった。

口に出してみた。

「おれも行く？」

声の方を見た。

人垣の間に、片手を上げた若者がいた。確かアルバデ。狩猟《しゅりょう》班のひとりだ。

眼が合うと彼はうなずいた。

「おれもだ」

今度は人垣の右――ずっと後ろだった。他の連中より頭ひとつ大きい。

「メダロク」

近所に住む護衛班の小班長だ。狩猟班が是非《ぜひ》欲しいと言って来ても、護衛班長は離そうとしない。

ざわめきが起こりはじめていた。そのせいで、三人目の声はよく聞こえなかった。

「おーい」

ヴィオラの今度は左奥の木立ちの枝上に腰かけた、小柄だが精悍《せいかん》そうな少年が笑みを広げていた。

「ラルネク――あんたも⁉」

声を張り上げるヴィオラに、

「採集班にも飽きちまったよ」

と少年も口に手を当てて叫んだ。

「みんな、よせ――静かに。いま、出て行くと言った者は、後でわしのところへ来い」

長ラエルも動揺は隠せなかった。ヴィオラは済まない気分になった。

「おれも行くぞ」

「おれもだ」

「出て行こう」

声は次々に上がった。風はヴィオラのほうになびいていた。

「わかったわ。一緒に行こう。でも、待って。その前にしなくちゃならないことがある。ハヤトやあたしたちを狙ったのは誰？　彼らを捕えて処罰するべきよ。でないとこの村は人殺しに見て見ないふりをする罪科《つみとが》の村になってしまう。出て行く前に、これだけははっきりさせておきたいの」

切れ長の眼が人々を見廻した。

「出来たら、名乗り出て頂戴《ちょうだい》」

長ラエルが前へ出た。ヴィオラは眼を見開いた。

「父——長ラエル、まさか」

「わしではない。だが、おまえの考えのない発言で、若者たちが揺らぎはじめている。もはや見て見ぬふりは出来ぬぞ。ヴィオラを捕えろ」

一〇人近い男たちが整然たる動きで娘を取り囲んだ。警備班である。

「長ラエル、筋が違いやしない?」

「二度と村からは出られんぞ、ヴィオラ」

長ラエルの表情は冷静そのものであった。

両腕を取られ、ヴィオラは村の方へと歩き出した。

先刻の同調者たちの身体にも何本もの腕が巻きついた。

「放せ、親父」

「何するんだ、お袋」

叫びとヴィオラはぐんぐん離れていった。

そのとき——空気が鋭く鳴った。

腕を取っていたひとりが、うっとのけぞる。愕然《がくぜん》とこちらを見たもうひとりも、肩に一本の矢を受けて倒れた。

誰か味方が⁉

ヴィオラは逃げ出す前に周囲を見廻した。

射手は空中にいた。

膜翼を巧みに調節しながら、三本目の矢を弓につがえたその姿は——

「ノデイラ⁉」

「逃げろ、ヴィオラ。ここにいたら殺されるぞ」

と救援者は叫んだ。

「ありがとう」

ヴィオラは走り出した。

その足下へ射ち込まれた長い鉄矢が、動きを止めた。

反射的に矢の飛来した方向を見る習慣がついている。

同時に、背後で苦鳴が弾けた。

ふり向いた。

ノディラはなお空中にいた。姿勢が崩れる寸前であった。その頭頂部から顎《あご》まで、これも黒い鉄矢が貫《つらぬ》いているのだった。

3

四肢を垂《た》らした死者になっても、身体は宙に浮かんだままであった。したたる血から地上の人々がとびのきはじめた頃、殺人者が下りて来た。

マスクも着けていないその姿を見た刹那《せつな》、ヴィオラには真相がわかった。

「ヒルキヤ——あんただったのね」

呻《うめ》くような声に応じる者はない。膜翼を畳みにかかった当人が、ようやく、

「何のこった？　おれは危ない輩《やから》を排除しただけだぞ」

「襲って来た奴ら、みんな飛翔が上手《うま》かったから、狩猟班の連中だとは見当がついてたけど、まさか、班長のあんたが……」

「おれは危ない奴を始末しただけだ。おかしな言いがかりはやめろ。誰か下ろしてやれ」

と上空のノディラを見上げた。

ヴィオラの胸にある考えが浮かんでいた。それは随分と昔に芽生えたもので、歳月《とき》とともに鉄壁の堅固さを備えていた。噴出すべき時間が来たと、ヴィオラは確信した。

「あんたたち——何を怖れているの？　たった三、四人の若いのが村を出て行くと言ってるだけじゃない。人死にを出してまで止めるほどのこと？　若いのは村を出て行っちゃいかんなんて、掟の何処にあ

るの?」

「ヴィオラ」

長ラエルが歩み寄った。ヴィオラの頬《ほお》が鳴った。

次の瞬間、長ラエルは鈍《にぶ》い響きとともに仰向けに倒れていた。地面に後頭部を叩きつける寸前、取り巻きが抱きとめた。

ヒルキヤが明るい笑顔を見せた。

「いいパンチしてるな——顎への当て方も角度もいい。前から思ってたが、女にしとくのは惜しい」

「はいはい、ありがとう。臆病者の褒《ほ》め言葉でも、ちゃんと貰《もら》っておくわ」

「臆病者?」

「あーら、怖い顔して。見えないところから仲間を射るのは、勇気があるっての? さっき手を上げたみなを除いて、あんたも他の者も、みいんな玉無しよねえ。長ラエル、もう口利けるわね? 質問に答えて頂戴。あなた方はみいんな、出て行かれるのがじゃなくて、置いてかれるのが怖いんじゃないの? なんかおかしいって、昔からみんな気づいてたわよね。あたしたちの住んでる村を含めたこの世が、すべて出鱈目《でたらめ》じゃないかって」

次々に異議が噴き上がった。

「ヴィオラ」

「誰もそんなこと考えてねえぞ」

「ひとり決めするんじゃねえ」

「とっ捕めえろ」

「やってごらん。あたしはノディラみたいに殺《や》られやしないわよ」

腰の短刀を抜き放った。夕暮れの光が充分鋭いきらめきを与えた。

人垣が崩れた。人影が数個、ヴィオラめがけて押し寄せたのである。

しかし、彼らは謀反《むほん》の主を庇《かば》うように囲んで立った。

「アルバデ、メダロク——他にも」

「よせよ、ヒルキヤ——おれを忘れるなって」

枝上のラルネクが矢を向けているのを知って、ヒルキヤは跳躍《ちょうやく》の姿勢を解《と》いた。苦笑い——の底にひどく酷薄《こくはく》なものが貼りついていた。

「おれたちは出てく。でも、これきりだなんて言わない。世界を見たら、また帰ってくる」

「そうだ。黙って送り出してくれ。このままじゃ、おかしくなっちまう」

「一生この村で過ごすのは、親父たちだけで沢山だ」

若者たちの叫びは、親たちも耳にした覚えのない痛切なものであった。

何とも言えない表情を浮かべたのは、父親か母親か。いや、村人のほぼ全員が同感の眼差しを送ったのだ。

彼らも気づいたのだ。自分たちが胸の奥で歳月の塵《ちり》にまみれさせて来た思いを、いま、托《たく》せる者たちが生まれつつあることに。

ヴィオラと若者たちから緊張が失われた。周囲の雰囲気を読み取ったのである。

空気が鋭く鳴った。

ひっ、と息を吐いて、アルバデが一歩後退し、胸から生えた鉄矢を握りしめた。引き抜く前に、左右隣りの二人の胸と喉《のど》に、二本の矢が射ち込まれた。倒れたのは二人が先だった。

「何をするの?——誰!?」

ヴィオラは眼を剝《む》いて人垣を見つめた。

わからない。

だが、矢はその中から飛んで来た。

別の場所から。

誰かが否《いな》と唱えている。

行かせるものか。おまえたちもおれたちと同じく、この村で一生を終えるのだ。

人々は訝《いぶか》しげな表情で辺りを見廻したが、数ヶ所でざわめきが起こるに留まった。

「どうして怒らないの?」

ヴィオラは身を震わせて叫んだ。

「あんたたちの子供が射殺されたのよ、どうして怒らないの?」

遠くで苦鳴が弾けた。

眼の隅を枝から落ちていくラルネクの胸と腹には二本の矢が射ちこまれていた。

「長ラエル――やめさせて!」

村長は顔をそむけた。

その胸もとへ飛びこんで、ヴィオラは激しくゆすった。

「やめさせて。でないと――あなたも同罪よ!」

何人もの腕が彼女を引き剝《は》がし、棒立ちに固定させた。

村長が顔をそむけたまま右手を上げた。

「――父さん!?」

ヴィオラの顔に驚愕《きょうがく》を割って絶望が広がった。

父親は間違いなく右手をふり下ろそうとしたのだ。

その前に、手は大きく痙攣して止まった。

村長はふり向いた。人々が遠ざかる。

即製の道の向こうに、弩を構えたヨガミ医師が立っていた。

「父……さ……ん」

ようやく言い終えた長ラエルの口と鼻から鮮血が溢《あふ》れ出た。孫を救うべく父の放った矢は息子の肺を貫いていたのである。

「行かせてやれ」

と老医師は乾いた声で言った。

「ずっと前から、そうすべきだった。わしも――おまえもそうしたかったはずだ」

長ラエルがうなずいた。

「そう……だ……っ……た……しかし」

糸が切れた人形のように、彼は垂直に地面に崩れ落ちた。

あらゆる人々が声を失ったかのように見えた。手が隣りの手を求め、撥ね除《の》けられ、別の手を求めた。みな何か言いたかったが、誰も何も言えなかった。

　どうしてこんなことになったのだろうかと、何人かは考えていた。一〇ミン足らずのうちに村長をはじめ一〇人近くが死んだ。みな死ぬ必要のない者たちだった。誰も止めなかった。これからどうなる？——こう考えて、人々は考えるのをやめた。

「行け」

　老医師が弩を広場の先——飛翔台の端へ動かした。

「お祖父《じい》さん」

「長ラエルは死んだ。酷《ひど》いことをしようとしたからだ。早く——」

　頭上から音が落ちて来た。

　矢の姿を取って老医師の後頭部から口腔《こうくう》へ抜けた。

　老人は明らかに何か言おうとしたが、出るのは喘《ぜん》鳴《めい》と息つぐ音だけだった。伝えたい事柄は山程あったに違いない。

　彼は前のめりに倒れた。ヴィオラはひとりきりになった。

　村人たちの眼には殺意も敵愾《てきがい》もなかった。ヴィオラをどう位置づけたものか、わからなかったのである。

　その眼に徐々に凄まじい光が燃えはじめた。憎悪という名の光であった。

　やっと、悲劇の原因が見つかったのだ。

　ヴィオラにもそれがわかった。

　ふり向いて走り出そうとし、すでに背後に廻っていた村人たちを見つけた。

　輪が狭まって来た。正しいことをしているという確信が人々の足取りに力を与えていた。

　運命をヴィオラは察した。救いを求めるように彼女は空を見上げた。無限の空にこそ、自分の行くべきところがあるはずだった。

　膜翼を広げた。跳躍した刹那、仲間を斃したのと同じ矢が全身を貫くに違いない。だが、娘は地面を蹴《け》った。

その眼の中に異様なものが飛びこんで来た。

眼前の危険も忘れて見上げるヴィオラを追って、村人たちもそれに気づいた。

膜翼を付けた人物が降下してくる。夢中で膜翼を調整しながらも、減速は不可能に見えた。

ヴィオラの背後――六キュビトの飛翔台上に落ちた勢いは、誰もが全身打撲で撥ね廻る内臓へ折れた肋骨《ろっこつ》が突き刺さったと観念したほどであった。赤いものが飛んだ。

影はハヤトに化けて二、三歩前進した。ずぶ濡《ぬ》れであった。それから両膝《ひざ》を折って跪《ひざまず》く形を取った。

「ハヤト」

ヴィオラは生き返る思いがした。

「これを見て――みんな……一緒に行くと言っただけで殺されちまったわ」

ハヤトはすでに眼を走らせていた。彼は長い息を吐いた。その間に死という名の現実を受け入れねばならなかった。それから、

「逃げる仕度をしろ」

誰もが期待したひとことはこれであった。

異議と非難を人々は呑みこんだ。

ハヤトの衣裳《いしょう》は無惨に引き裂かれ、そこから鮮血がこぼれていた。村人の誰もが体験したことのない戦いから彼は戻って来たのだった。

「早くしろ――天は破れかかってる」

ようやく人々は言葉の異様さを理解した。

「――どういうこと？」

ヴィオラが真っ赤な眼で訊いた。

「おれは巨大な鳥を追って天上まで上《のぼ》った。そこに空はなかった」

ふっと、

「――何があった？」

異様に静まり返った世界で、嗄《しわが》れた問いがひどく大きく聞こえた。

ヨガミ医師であった。矢は口腔から突き出たままだ。舌と声帯は無事だったらしい。

「——前の男は……あることをわしに告げて……去った。今日までわしは……封印の道を選んだ。それは……おまえが見て来たものと……同じ内容なのか？　答えろ——天の涯《はて》には……何があった？」

空気が凝縮した。それは人々の声ばかりか精神《こころ》までも押しつぶし、石に変えたかと思われた。ハヤトの回答は、それを凌《しの》ぐものでなければならなかった。

彼は瞳だけを宙に据えて言った。

「黒い、木の壁だ」

人々はなお沈黙を選んだ。

「天は続かなかった。だが、その壁は山の彼方《かなた》と海の向こうから、おれたちの生きている土地すべてを覆っていた。壁のあちこちに穴が開き、飛熊《フラベ》や大鷲が巣くっていた。いいや、もっと別のものたちも」

ハヤトは左の肩を押さえた。傷と血は、それらとの死闘の結果だろう。

次の声までには、長い長い時間が経ったかのように思われた。

「あなた——その壁に触れたの？」

「ああ」

ハヤトはヴィオラにうなずいた。

「鉄のように硬い木だった。太さは一本が二〇〇キュビトもあった。隙間《すきま》には緑青《ろくしょう》が詰まっていた——だが」

「——だが？」

ヴィオラの眼が凄まじい光を湛《たた》えた。運命を悟ったとき、人はこんな眼になるらしかった。

「あちこちから水が染み出ているのだ」

とハヤトは続けた。

「上へ行けば行くほど、空は霧で覆われ、それはさらに濃くなって、終《しま》いには雨滴《うてき》となった。地上まで届かないのは、高すぎるからだ」

「世界の涯……木の壁……そこから滲《にじ》む雨」

老医師がつぶやいた。眼は閉じられていた。すぐに開いて言った。

「木から……洩《も》れているのでは……ない以上……それは……外からのものだ。ハヤトよ……その水を……飲んでみたか？」

返事は、ああ、だった。

「飲みたくなくても入ってくる。口の中にも傷にも、な。おれがふらついているのは、傷や血のせいじゃねえ。その水があんまりしみたためだ」

「…………」

「塩水だよ、医師《せんせい》。海水だった。おれたちのいるところは、森でも山の奥でもない。海の中なんだ」

第十章　舟

1

老医師は何も言わずにハヤトを見つめていた。もう声が出なかったのかも知れない。代わりに、多数のざわめきが風に乗って闇の下を巡《めぐ》った。

「ここが海の中？」

「気がふれたな」

「空の果てまで上った罰だ」

「おい、そんな壁、誰が作ったんだ？」

独白と会話と問いをまとめてハヤトは無視した。

「上は土砂降りだ。いつか空が開く。そうしたら、ここも水浸しだ。あんたたちは何も知らない。知って良かったのか、おれにもはっきりしない。ただ、出来るだけ早くここを出ろ。いちばん勢いの強い水《みず》漏《も》れは、村の真上なんだ」

「たとえそうだとしても、これまでは何もなかった」

と村人のひとりが叫んだ。

「これからも安心だ」

そうだの合唱が起こった。拍手も湧《わ》いた。

ハヤトが右手を首の後ろに廻しても、生活の安全を保障する故《ゆえ》なき叫びは熄まなかった。

空の上で、ハヤトはこれを予想していたのかも知れない。

彼の首にかかっている紐《ひも》に気づく者はいなかった。そこにぶら下がっている品に気づいた者もない。

それはヨガミ老人の右肩をかすめて、背後の男の胸に命中し、その後ろの二人もろとも尻餅《しりもち》をつかせた。

木の一部を剝ぎ取ったと思《おぼ》しい黒い木片は、長さ約一キュビト、厚みは三分の一キュビトほどで、滑らかな表面は光沢を帯びていたが、内側はささくれ、腐蝕《ふしょく》の毒にまみれていた。

受け止めた男は、それを放り出してから、両手と胸のあたりへ眼を移した。

ただ衝撃されただけではなかった。そこはびっしょりと濡れ、足下の木片の周囲にも黒い水が飛び散っていた。

潮の香りが鼻を衝《つ》いた。

投擲《とうてき》の姿勢を保ったままのハヤトに視線が集中した。

「壁の一部だ。剝ぎ取って来た」

ハヤトは姿勢を戻して言った。

「見ればわかるだろう。壁はもう限界まで潮水がしみている。今は下まで届かずに済んでいるが、じきに雨になる。それから滝だ。そうなったらもう間に合わない。村も森も水の底に沈むだろう」

「おまえの村もだぞ」

罵《ののし》るような指摘が走った。

ハヤトの精悍な顔に苦渋の色が広がった。それも一瞬であった。

「おれと一緒に出て行く者はいるか？　いや、おれとヴィオラとだ」

娘の顔に喜色が湧いた。彼女はハヤトと並んだ。

「出て行くって——何処へ行くつもりだ？」

男のひとりが訊いた。

「わからん」

「わからない？　それでみんなを連れてこうってのか？　何を企《たくら》んでやがる？」

「わからないが、道はある」

ハヤトは胸を張った。

「そのひとすじを辿って、おれはここへ来た。そして、世界を高みから見る方法を学んだ。それで充分だ。道の先には黄金があった。もう一度見つかるかどうかはわからないが、おれはまた新しい道を辿る」

「その道が死と破滅に向かっていたとしたらどうするのよ？」

赤ん坊を抱えた女が、すがるような声をふり絞《しぼ》った。

「わからん。それでもおれは行くしかない」

こういう場合お決まりの悲愴《ひそう》と恍惚とをハヤトは意識しなかった。彼が知る道はそのような自己愛で乗り切れるものではなかった。世界はなおも途方もない真実を隠している。そして、それによって成り立っているのだった。

「この村が与えてくれたものの礼に、おれはその木片を持って帰った。後の判断はまかせる。それでも、死ぬとわかっている者を放って行くわけにはいかない。もう一度だけ訊く。一緒に来る者はいるか？」

ハヤトの眼と鼻の先に、勇気ある志願者たちが横たわっていた。

頭の中でゆっくり一〇数え、

「よし、ではこれまでだ。世話になった。ヴィオラ、待ってろ。祖父さんを連れてくる」

ハヤトは老医師に駆け寄って声をかけた。脈を取り、口もとに手をかざしてから、すぐヴィオラの下へと戻った。

痛切な表情を向ける娘へ、首を横にふって見せた。

ヴィオラの眼から光るものが頰を伝った。

「どいてくれ」

ハヤトは背後に立つ村人たちへ頼んだ。

「行かせるな」

人垣を搔《か》き分けてヒルキヤが現われ、ハヤトたちを指さした。

「あいつらを行かせて、後から賛同者が現われたらどうなる？　村はもうお終いだぞ」

「そうだ、殺してしまえ」

幾つかの声がはっきりと言った。

「おれを見つけたところへ行け！」

ヴィオラへ低く言い放つと同時に、ハヤトは地を蹴った。

上空へでも後方へでもなく、前方の人垣へ向かって。

悲鳴を上げて、進路の連中がしゃがみ込む。その頭上を易々《やすやす》と越えて、広場の端から村の傾斜地に沿って上昇に移った。

左右を何本かの鉄矢がかすめたが気にもならなかった。戦いはこれからだ。

監視塔の頂きを越えたとき、ハヤトはふり返った。ヴィオラの安否と追撃者を確認するためだ。

ヴィオラの姿は見えなかったが、六人が追って来る。どれひとりを取っても空中ではハヤトより手練《てだ》れに違いない。

「来やがったな」

顔も確かめられぬ黒点の中に、ヒルキヤもいるのはわかっていた。顔を隠してハヤトと互角に渡り合ったのは、間違いなく彼だ。

「早すぎるが――決着《けり》をつけようや」

ハヤトは頬がゆるむのを感じた。空中戦の超ベテランに対して、初年兵――どころか一日きりの初心者は闘志で向かうしかない。だが、この若者の闘志は尋常《じんじょう》の燃え方ではなかった。

距離は五〇万キュビトまで縮まった。攻撃の準備は、彼が生まれたときから整っていた。相手が自分より武器では劣るものの、他の点ではほぼ互角――乃至《ないし》、優《すぐ》れている部分もあることを、彼は心得ていた。

先制攻撃しかない。

それには、四〇万キュビトまで接近する必要があった。

一〇万キュビトの差を縮めるまで、どれくらいかかるものか。

少し条件が悪すぎるな、と彼は珍しくも考えた。

――危ない奴を相手にしているな
ヒルキヤは、久しぶりにこう感じた。

ハヤトの姿は視界に留まっている。しかし、差は縮まらない。

風は右斜め上方と左方から吹いている。かなりの強風だ。ほぼ八〇度で上昇中の身体には大きな負担だった。ヒルキヤと仲間たちには慣れっこだが、相手は昨日今日、膜翼を付けた素人《しろうと》だ。それなのに、少しも差が縮まらない。

――ひょっとしたら、奴、逃げられるのに、わざと？

一定――二〇〇キュビトの差を保っているのは意図的なものか。

その理由は？――ヒルキヤは意識をそこに据えた。

――？

頬が濡れている。周囲も白く煙っている。霧だ。

「まさか」

聞こえないとわかっているから、つい口に出た。

「この高さで――奴の話だと、まだ上のはずだ」

世界が煙りはじめた。

――見失うな

自分に叱咤《しった》して眼を凝らした。

すでに闇が両手を広げている。その中での追跡となれば、逃げるほうが有利だ。圧倒的な差であった。

右手を上げて、下方へふり下ろした。

帰投《きとう》せよの合図だ。

五人が分離するのを見届け、ヒルキヤは上方へ眼を戻した。闇の中の闇を捜せ。

左方からの風が突如乱れた。

眼の隅を巨大な影が落ちていく。

「――いかん!?」

最大速度で降下に移ろうと努めたが、風圧の変化に膜翼と身体がついていかなかった。

四枚翼の双頭鷲である。狙いは帰投する五人に違いない。

半《なか》ば強引に身体を戻して降下に移ったとき、巨大な影は先の五人と重なっていた。

――あいつの策にかかったか!?

ハヤトは怪物たちの巣を見届けたという。そこへ自分たちを導いて、始末は巣の住人にまかせたのか。

ヒルキヤは弩を肩付けした。

二〇キュビトまで接近する間に、三人がやられた。逃げきれぬと応戦に移り、散開する前に爪と牙の餌食《えじき》になった。

ばらばらの身体が落ちていくのをヒルキヤは見届けた。森の生きものどもが喜ぶだろうと思った。

弩の前に猛禽《もうきん》の背すじが迫ったとき、標的は突如、右へ傾いた。残る二人も忘れて急降下に移る、ヒルキヤもまた。

その理由を考える必要はなかった。

頭上からの新しい気配を、ヒルキヤは風圧として感知した。そいつの下方の空気が、急速な降下のために分散せず、剛体と化してのしかかって来たのだ。

逆らいもせず、ヒルキヤは押されるままに落ちていった。こいつが方向さえ変えれば、空気の重りは散乱する。

望みは、村の家々まで二〇〇キュビトの地点で果たされた。

人外の悲鳴が空中を突っ走った。

重りが砕け散る大攪乱《だいかくらん》の中で、ヒルキヤは途方もない大きさの翼の主に咥《くわ》えられた四枚翼を目撃した。

肉を裂き、骨を砕く音がはっきりと聞こえた。

骨まできしませる大乱流が、ヒルキヤを吹きとばした。

翼が羽搏いたのだ。

差し渡しで二〇〇キュビトを超えるだろう。胴の長さは八〇キュビト、大鷲を捕えた四本の脚の他に、翼の端に三本の鉤爪《かぎづめ》が優雅で不気味なカーブを描いていた。

闇の中で青白くかがやく両眼が不気味だった。鉄を思わせる嘴を素早く動かし、それは激しく抗《あらが》う大鷲の首を突きつぶし、咥えて引き抜いた。

「──どこにこんな奴が？」

伝説にすら残っていない化鳥《けちょう》が突如出現した。村の近辺に棲息《せいそく》する生物ではあり得ない。何処から来た？　どうして急に？

なぜ弩を放ったのか、ヒルキヤにはわからない。何の効果もないことだけはわかっていた。

もう片方の首もひっこ抜き、巨鳥は自分の首をねじ曲げてこちらを見た。

羽搏きは一瞬──巨体は信じられぬ速度で反転し、ヒルキヤと対峙《たいじ》した。

光る眼の中に途方もない飢《う》えが渦《うず》巻いていた。

羽搏き。

近づいて来る。

嘴が開いた。

ヒルキヤは眼を閉じることができなかった。

だから、一本の矢が巨鳥の右眼から入って左眼に抜けたのを確認することができた。


「ハヤト!?」

ヒルキヤは一気に上昇に移った。

狂風がさらに速く高く、身体を持ち上げた。断末魔の巨鳥が起こす狂い風であった。

巨体が闇に溶けてすぐ、二人は空中で向き合った。

2

「おれが食われたほうが、都合が良かったんじゃないのか？」

皮肉を含んだヒルキヤの問いに、

「仲間は気の毒だった──そいつらがヴィオラの仲間を射殺した連中でなければ、な」

「どうかな。だが、それじゃおれを助けた理由にゃならないぞ」

「おれはおまえたちと好きこのんで闘うつもりはない。鳥が襲って来たのは偶然だ」

「なら、どうして逃げなかった？　おまえの飛翔力なら充分におれたちを撒けたはずだ」

「見せたかったからだ」

「………」

「壁を」

ハヤトは上空を見上げた。

「おれたちが世界だと思ってる場所の涯だ。おれは知りたい。この先にあるものを」

「何もないかも知れんぞ」

「それがわかればいいさ」

ヒルキヤは肩をすくめて、バランスを崩しかけ、あわてて調整した。

「行くぞ」

ハヤトは上昇に移った。

三ミン程で、二人はずぶ濡れになった。霧は雨に変わったのだ。すぐ豪雨と化した。

「ひどいところだな」

ヒルキヤが呻いた。


「翼に気をつけろ」

並んだハヤトの顔も苦痛に歪《ゆが》んでいる。雨が痛いのだ。

「これじゃ、壁なんか見えないぞ」

ヒルキヤが堪《たま》りかねて叫んだ。その口に塩だらけの水が流れこんだ。

「着いた」

「え？」

影としか見えないハヤトが、スピードを落とした。

それに合わせて、ヒルキヤも停止した。

垂直に叩きつけてくる雨は何とかなるが、上下左右からの風が辛《つら》い。膜翼が破れたら小石のように落下するしかない。

「我慢して上を見ろ」

こいつは眼が利くのか、とヒルキヤは、それこそ眼を剝きたかった。

「早く――翼が危ない」

声はちぎれた。風が強さを増したのだ。

ヒルキヤは思いきり顔を上向け、眼を開いた。

ハヤトが広場で告げた内容など嘘《うそ》だと思った。

頭上から海水を叩きつける「壁」は、むしろ「天井」というべきであった。

何度顔を動かしても端まで見渡すことのできない黒い広がり。間違いなく巨木を束ねたものだ。そんな木が何処にある？　一〇本も並べば、下の森を埋め尽くしてしまうだろう。一〇〇本あれば、周囲の山さえ見えなくなってしまう。

何処かで鳥らしい鳴き声が聞こえた。

「見てみろ」

ハヤトの影がさす方向へ、ヒルキヤは眼を向けた。

巨木の一本に小さな穴が開いている。その中に幾つもの影が蠢いている。

「あれは――さっきの!?」

「そう。あのでかいほうだ。ここから見ると、まるで小鳥だな」

「もっと小さいのもいるぞ」

「子供だろう。親鳥は餌探しに忙しかったんだ。生きるってことは大仕事なのさ」

ハヤトは眼を拭《ぬぐ》って、

「だが、水はさっきより激しく噴き出してる。明日はもっと強くなるのだろう。じき、村にも雨が降るぞ。その後は大洪水だ」

「大洪水」

ヒルキヤは、噛《か》みしめるように言った。

「確かにこれは海水だ。しかし、どういうことなんだ？　おれたちはどうして水の――いや、海の中で暮らしているんだ？　ここには山も川もあるんだぞ」

少し間を置いて、

「解いてやる」

とハヤトは低く、しかし、きっぱりと言った。

「この壁の向こうへ行ってやる。そうすれば何もかもわかるはずだ。駄目ならわかるまで探す。戻るぞ」

「おお」

膜翼の角度を変えて、二人は降下を開始した。

村まで半ばという地点で、

「おれはこのまま村を出るが、あんたはどうする?」

ハヤトが訊いた。

「おれは残る。もう出て行く連中を止めはしないが、この水が襲って来るのなら、村を守らなきゃならん」

「そう言うだろうと思った。あんたが射殺した奴にも聞かせてやりたいぜ」

「もう言うな」

村の上空で、ハヤトは森の方へと旋回した。

一〇〇キュビトほど行ってふり返ると、ヒルキヤは飛翔台の端でこちらを見つめていた。

先のことをハヤトは考えた。


森の中でヴィオラと合流し、それから——

浮かんだプランは彼の胸を激しく波立たせた。

「村へ戻る? 莫迦《ばか》な!? ヒルキヤの真似《まね》になるぞ。それに雨も降ってない。誰が信じる?」

ヴィオラは指定された場所にいた。ハヤトと遭遇した森の一画——彼の野営地である。

村からの追手はなんとか撒いたものの、夜を徹して捜索する可能性もある。ヴィオラは火も焚《た》かず、音もたてなかった。

到着後三〇ミンもしないうちに、ヴィオラはひどく焦っていることに気がついた。

理由はわからない。だが、いてもたってもいられないという気分を、これほどリアルに味わった覚えはない。

すぐに自分だけではないと知った。

足下を小動物が通りすぎた。一匹ではなかった。

二匹、三匹——次々に走り去る獣《けもの》の数は、みるみる増えていく。

きゃっ、と叫んでヴィオラは頭を押さえてしゃがみこんだ。

頭上を羽搏きがかすめたのである。

それが天を圧する叫びとなって森全体から噴き上がったのは、数瞬後のことだ。

脱出だ、と閃《ひらめ》いた。

獣も鳥も逃げていく。

凶暴な唸りが背後に迫った。

夢中で伏せた。

黒い毛むくじゃらの塊《かたま》りが、頭上を飛び越えて行った。その横に別の——四足獣の集団が並んでいる。鋭い棘《とげ》と楕円《だえん》の鱗《うろこ》が月光にかがやいた。

「何処へ行くの？」

ヴィオラは呼吸過多《かた》に陥っていた。肺がせわしなく酸素を求め、全体に行き渡る前に吐き出してしまう。

喘《あえ》ぎながら叫んだ。

「何処へ行くの？　何から逃げてるのよ！」

右の肩甲骨《けんこうこつ》から肺にかけて灼熱《しゃくねつ》の痛覚が抜けた。

よろめきながら、ヴィオラはふり返った。ヒカリゴケを使った狩灯の光が、その全身を照らしている。一〇キュビトほど離れた空中に、人影が二つ浮かんでいた。追手は諦めていなかったのだ。顔は見えなかった。

「よくも」

ここまで言ったとき、口腔から生あたたかいものがこみ上げた。それを吐いても、また上がって来た。

「済まねえ、ヴィオラ」

どちらが言ったのかもわからない。誰の声かもわからない。

光の中にいるのに光が廻った。

苦鳴を聞いた。

光が夜空を指して——地に落ちた。疾走《しっそう》する獣が灯を撥ねとばした。

背後から飛来した石塊《いしくれ》に後頭部を叩きつぶされ、二人の追手は地面に横たわっている。

これも倒れたヴィオラのかたわらに、ハヤトが着地した。

胸の鉄矢を見て、

「ひでえことしやがる」

「大丈夫よ——動ける」

とヴィオラは言った。言ったつもりだった。

ハヤトの耳には血泡を吹き出す音しか聞こえなかった。

「立たせて。一緒に行く」

これも聞こえなかった。だが、そう言ったのだろうとハヤトは判断した。

「行こう」

彼は左腕にヴィオラを抱いて、右手を高く上げた。

森の上まで上昇した前後左右を、おびただしい鳥がかすめて飛び去った。


不意にヴィオラが身じろぎをした。糸のような声で、

「何処へ……行くの?」

一緒に血も吐いたのに、声はしっかりしていた。

「何処へ行きたい?」

ハヤトは優しく訊き返した。

「あなた……の……行くとこ……ろ……」

故郷の浜辺に連れて行こうと思った。

その前に——

ハヤトは大きく旋回した。


広場には松明《たいまつ》の炎が光の交響を奏《かな》でていた。

ハヤトを追って戻ったヒルキヤの言動が、村中を煮《に》えくり返らせたのだ。

まず、人々は信じた。最近はいつもより空気が湿り、あらゆる物にささやかながら塩が付着していると、認めたからである。

だが、村を捨てるという段にさしかかると、急に

不信派に転じた。

　大洪水などあり得ない、起こるという証拠を見せろと詰め寄ったのである。ヒルキヤは沈黙するしかなかった。

　それでも、上へ行こうと彼は促《うなが》した。おれとハヤトが見たものを、おまえたちにも見せてやる。それでわかるだろう。

　応ずる者はなかった。

　この世界の外は海だと説いたハヤトの言葉を、彼らは否定していなかったのかも知れない。

　そして、いま、仲間が同じ内容を繰り返し、村を捨てろと要求する。否定もまた強烈になった。

　ヒルキヤも村人たちも疲れ果てていた。

「あれは⁉」

　ひとりが夜空を指さして叫んだ。

「あいつだ！　誰か抱えてるぞ！」

「弩台――狙え」

　ハヤトは広場の中央――彼らの頭上で停止した。

「ヴィオラは死んだ」

　と言った。到着寸前にこと切れたのを確認してあった。

　沈黙が広場を支配した。

「死ぬ前に、故郷を見せようと思って連れて来た。ヴィオラにはもう何も見えん。代わりにおまえたちが見ろ。その手で殺した仲間の姿を」

「おれたちが殺したんじゃねえ」

　誰かが抗議の声を上げた。

「殺すのに反対しなければ同じことだ」

　ハヤトは冷やかに言って、ヴィオラの頬を撫《な》でた。精悍な顔に寂寥《せきりょう》の色があった。

「動くな」

　左右の弩台から怒号に近い声がかかった。

「いいや、動いてもいいぞ。狙いは外さねえ」

「おれと来い」

　まさか、と誰もが思った台詞《せりふ》を吐くや、ハヤトの身体はひょい、と上昇し、すぐに沈んだ。

ぴん、と空気が弾けて、その頭上で二本の矢が交差した。

二本目の装填《そうてん》には手間がかかる。ハヤトは一気に跳躍しようと右手を上げた。

空から何かが降って来た。

それはハヤトの肩をぎりぎりかすめ、広場の真ん中に激突した。

散った。

「水だ！」

止まらない。

幅二〇キュビトもある水の柱は途切れることなく、広場の中央で砕けた。

「いかん！」

ハヤトは急上昇に移った。

3

三〇キュビトも離れて見下ろしたとき、水は広場から村へと流れ込み、一部は飛翔台の端から黒い谷間へと落下していった。

「いかん⁉」

広場がゆれ出すのをハヤトは見た。

水の打撃は彼と人々の理解を絶していたのである。

壁を知る者にはあまりにも細く脆《もろ》い木の幹はきしみ、ずれ、すぐに一本が均衡を崩して跳ね上がった。

殆《ほとん》どの村人たちは水に巻かれて村の方へ流され、台から落ちていたが、わずかに残った連中には崩壊が襲いかかった。

飛翔台は数十本の幹に戻って流れ落ち、下から現われた岩壁が水を弾いた。

――こんなに早く、天に穴が開いたのは何故だ？

それに――あの音は？

水柱が襲いかかる寸前、その涯から、鈍い音が響き渡ったのを、ハヤトは聞いている。

――火薬銃に似ている
まずそう思った。だとしたら、途方もなく巨大な銃――いや、火砲に近い。
――ここが海の中だとしたら、どうやって射ちこんだ。そもそも、発射の仕方は？
彼はようやく満足した。三度目の一撃だ。じきに二撃目が届く。これは特別製だ。

ハヤトは故郷へと向かっていた。

ヴィオラの埋葬と、村人たちを避難させなくてはならない。

目測はもう利かない。残るは耳だけだ。

村の灯がちらほらと瞬《またた》いている。

――みっともねえなあ。まだ三デ（一デ＝一日）目だぜ
体裁の悪さがハヤトの胸を重くした。

そのとき、またも遥《はる》か彼方《かなた》で、鳴り響いた。今度はずっと右の上空。

網膜《もうまく》に動くものが映った。

空気を灼《や》き抜くくらい見つめているうちに、

「――何だ、あれは？」

山脈《やまなみ》に何かが襲いかかっている。

水だ。

木をぶっ倒し、土を溶かし、岩を押しのけ、地上へと押し寄せる。川が呑まれた。巨大な波が舞い上がり、何もかも巻き込んでいく。

地上の衝撃が引き起こす風に、姿勢を崩されないよう、ハヤトは片手で膜翼を調整しなければならなかった。

何もかも手遅れだった。

〈都〉も村も、一ミンとしないうちに水の底だった。

いや、もとからここは水の底だったのだ。誰かがそこに太陽と月をかがやかせ、海を掘り、森を植えて、山を盛った。そこに人を放りこんで、世界を作

った。

誰の意図だ？

ここは何処なのだ？

ごおごおと蹂躙《じゅうりん》の咆哮《ほうこう》を上げる水の上を飛びつつ、ハヤトは無限の謎に懊悩《おうのう》した。

ひょっとしたら——この世界は水没してしまうのではないか？

絶望が近づいて来た。

それが止まった。

水の轟《とどろ》きは熄んでいた。生じたときのような前触れもなしに。

「誰が止めた？　おれたちの知らないところで世界を作ったり壊したり動かしたりしているのは——誰だ？」

陽がかがやきはじめた。

眼下は全て水であった。

最初から海しかなかったように、ハヤトには思われた。

記憶を辿ってハヤトは〈島〉へと向かった。

村ができるずっと前から海上にそびえる浮遊島である。

凪《なぎ》の日はもちろん、どんな嵐、津波が荒れ狂った後でも、この直径二〇〇〇キュビトほどの浮島は変わらぬ位置で波に揺れていた。

不動の理由《わけ》を知るべく、幾度となく調査が行なわれたが、固定用のロープも鎖もなしで、確かにその位置を寸分もずらすことなく、〈島〉はいつもの姿を水面に示していた。無論《むろん》、人工島だろう。

——あそこなら
唯一《ゆいいつ》の希望であった。

疲れてもいた。空気との闘いは、想像以上に体力を消費する。大地の上で休息を取る必要があった。

水に沈んだハヤトの家から東へ約二〇〇〇キュビトを越えて、狭苦しい砂地へ着地するや、強烈な睡魔に襲われ、ハヤトはヴィオラの死体を近くの岩の陰へ安置して倒れるように眠った。

気がつくと、見覚えのある幾つもの顔が覗きこんでいた。

「——ジェリコ、祖母《ばあ》ちゃん!?」

奇跡といってもいい再会であった。

二人とも昨夜、逃げる間もなく波に呑まれ、眼を開いた先が〈島〉の上だったという。

事情を説明する前に、ハヤトはヴィオラの亡骸《なきがら》を砂地の一隅に埋めた。祈りは祖母がやってくれた。

ひと息入れたところへジェリコが来て、

「大事な女性《ひと》?」

と訊いた。

「どうしてそう思う?」

「あたしに手伝いもさせなかったぞ」

「そうだったな。おまえのいうような娘《こ》だったかはわからん。ただ、一緒に行くと言ってくれた。手にかけた奴は違うが、殺したのは——おれだ」

ジェリコは溜息をひとつついて、石を載せただけの墓へ、

「ゆっくりお休み」

と言った。

「礼を言う」

「——いいのよ。こんな出会い方をした以上、あんた何か知ってるわね。聞かせて頂戴」

祖母もうなずいた。

茫々《ぼうぼう》たる海原が見渡す限りの世界であった。

それを見ながら、ハヤトは村を出てからの事情を説明した。

一ワーと少しで終わった。

「信じられない」

とジェリコは呻き、祖母は黙って海を眺めていた。

「ここが海の中だなんて。でもそのとおりなら、その壁が破れて水が入って来たのはわかるよ。けど、急に止まったのはどうしてさ?」

「わからん。わからんことだらけだ。おまえと祖母

ちゃんをここへ運んだ相手も含めて、な」

「全く」

ジェリコは左手を眼の上にかざして周囲を見廻した。

「みいんな呑まれちまった。人影ひとつ見えやしない」

声の調子が変わった。

「でも、生きてる奴はいたようだね、何匹か来たよ」

すでにハヤトも気づいていた。

砂地の先は岩礁《がんしょう》だらけの岩場が、波を砕いている。水と岩との間をこちらへやってくる人影が見えた。

「〈海のものたち《シーソ》〉だよ」

ジェリコが近くの岩にもたせかけておいた火薬銃を摑《つか》んだ。気がついたら抱いていたという。寝る前は枕元だったというから、ここへ運んだ誰かが残していったに違いない。

「およし」

と祖母が銃身を摑んだ。

「別のものが始末してくれる」

碧《あお》い水の色が変わっていることに、ハヤトもジェリコも気づいていた。

それは浮上した途端、灰赤に変わった。

ごつごつした甲殻は蟹《かに》に似て、遥かに凶暴な性質を表わしていた。

下方――やや白い腹部の間に、おびただしい孔《あな》が開き、灰赤の触手が先をのぞかせていた。

「あれは？」

ハヤトは祖母を見た。期待外れの返事が返って来た。

「初めて見るね。ずうっと海の底にいた奴が、さっきの波で眼を醒《さ》ましたか、或《ある》いは――」

「…………」

「波と一緒に入って来たかだね。他にもいるかも知れないよ」

ジェリコが小さく、あっ、と洩らした。

半端な出入りを繰り返していた触手が、突然、鞭《むち》のように走ったのだ。

目標は〈海のものたち〉であった。

巻きつかれただけで、彼らは血塊を吐いて圧搾《あっさく》死を迎えた。

なおも半ば以上は水中にあると思しい甲殻に、十文字の亀裂《きれつ》が入った。開いた端には鋭い牙が並んでいた。口であった。〈海のものたち〉は次々にそこへ放り込まれた。最後の一匹を呑みこむと、亀裂は素早く閉じた。

「隠れろ」

ハヤトは祖母を抱き上げて後退した。

「次はおれたちだ」

その頭上から、灰赤色のすじが落ちて来た。

ジェリコも担いで間一髪、後方へ跳んでやり過ごしたのは、ハヤトならではの神業であった。着地と同時に上昇に移る。ジェリコが驚きの声を上げた。

別の触手が追っていた。躱《かわ》す速度を得ていない。両手はふさがっていた。

叩きつけるように後方へしなった凶器を、真紅の光が斜め下方から貫いた。光が動くと触手は炎を上げて断ち切られた。

新たに三、四本を切断してから、光は甲殻をも貫いた。巨大な生物は、呆気《あっけ》なく海中へ沈んだ。

それを見届けるまでもなく、三人の眼は光の発射地点——救い主の下へと飛んでいた。

岩礁の右方遠く——一〇〇キュビトほどの海上に見覚えのある船体が浮かんでいた。

小さなそれには二つの席があり、前のほうに収まった男が、こちらへ片手を上げた。バルジだった。

〈船〉は——ハヤトが岬下の岩場に沈めた潜る〈船〉だった。

岩礁の間に〈船〉を止め、バルジは器用に岩を渡って三人の前にやって来た。ふり向いて大海原と化した世界を一望してから、

「こうなったか」

と言った。平然たる口調が、ハヤトの胸に怒りの風を起こした。

「バルジさん」

「わかってる。いま聞かせよう」

と奇妙な旅人はうなずいて、ハヤトを見つめた。

「ジェリコと祖母ちゃんを助けてくれたのは、あんたですか？」

「そうだ」

「礼を言います」

「いいさ。壁を見たか？」

「はい」

「あれは船体だ」

「だと思います。おれたちは——ばかでかい船の内《な》部《か》を、世界だと思っていたんですね」

「そうだ」

「多分、凄《すご》い古い船で、相当傷《いた》んでる。その隙間から外の水が入って来たんだ。でも、すぐに熄んだのは、何故です？」

「船の機能のひとつだ。自ら、破損した部分を修復する」

「——そんな、まるで生きものだ」

「それに近いかも知れん。だが、生きものは積荷だ」

「待って下さい。よくわからない」

ハヤトは頭をふって考えをまとめようとした。

「事の起こりから話したほうが良さそうだな」

バルジは笑顔を見せた。

「遠い遠い昔——何者かが世界に大洪水を起こして、地上の生物を根絶やしにすると決めた。ただし、ある家族と害のない動物ひとつがいを救うことだけを許可し、それらを乗せる巨大な箱舟の建造をその家族の長に命じた。名前はノアだ」

「ノア」

ジェリコがつぶやいた。

「ノアは、その何者かの命令を神の託宣《たくせん》と考え、奇跡にも等しい短期間にそれを成し遂げた」

「じゃあ、これが？」

　祖母の問いに、バルジは首を横にふった。

「さっきのような連中や〈海のものたち〉が、害のない生きものだと思いますか？　彼らは見捨てられるべき存在に属しました」

「じゃあ――ここは？」

　ジェリコが狂ったように頭を動かした。

「ここは何なの？」

「ノアに命じた神とは別の神がいたらしい」

　バルジは両眼を閉じた。

「それは別の人間にもう一隻《いっせき》の箱舟を建造させ、最初の箱舟に乗船を拒否されたものたちを収容した。それが、これだ」

「じゃあ――箱舟は二隻？」

「そうなるな」

　ジェリコが虚《うつ》ろな声で、

「それじゃ、この舟の積荷って？　〈海のものたち〉や、さっきの化物みたいな……」

「そうだ。彼らにも生きる資格はあると、別の神が判断したのだろう。この上は、それこそ彼らの世界だ。魔界と言ってもいい」

　沈黙が落ちた。ようやくハヤトが、

「この船の外じゃ、まだ洪水がつづいているんですね？　いつ終わるんですか？」

「わからん」

「バルジさん」

　とハヤトが妙に硬い声をかけた。

「――あんたはどうして、こんなことを知ってるんですか？」

「おれは、第二の箱舟――これの船長だった。新しい神にこの船の建造を命じられた男というのは、おれなんだ」

「…………」

「洪水はいつか熄むはずだった。ところが、何が起きたのか、海は荒れ狂い、牙を剝きつづけた。そう、数千ヤーが過ぎてもなお。船には数十名の人間たちが乗り組んでいたが、彼らは子を産み、その子供たちも成長して子孫を増やし、その子供たちはやがて、箱舟の目的も、船だということすら忘却し去って、ここだけが世界と考えるようになった。

幾たびか争いも起き、もはや、船の存在理由を知る人々は、おれを除いていない。おれが生きているのは、この悲惨な状態を断ち切り、船を正しい場所へ辿り着かせるリーダーを捜し出すためだ」

「それも――神が命じたのですか?」

「だと思う。おれは船長の時代に事故で死に、気がつくとこの身体と武器と任務を与えられていた。神の声を聞いたのは、そのときだけだ。新たな指導者を捜し出し、船を約束の地へ運べ、とな。それまでに、数千ヤーが経っていた。神はその間、生き残った人々の可能性を試し、否と結論づけたのだ」

「それから、ずうっと?」

「捜しつづけた。そして、ようやく新たなかがやきを放つ、生まれたばかりの男を見つけた。ハヤト――おまえと同じ名前の星を、な。そして、これまでのところ、おれの見立ては間違っていないようだ」

バルジの岩のような顔が、ゆっくりと武骨な笑みを刻みはじめた。

ハヤトは眼を閉じた。

唐突な運命の宣言は、彼に道を与えた。あまりにも長く、遠い道であった。その先に待つものは滅びだけかも知れなかった。

胸の中に熱いものがふくれ上がって来た。こらえ切れず、ハヤトは両眼を開いた。胸の中のものは光となって外へと奔騰《ほんとう》した。

変わらぬ闘志という名の光であった。

〈注〉本書は月刊『小説ＮＯＮ』誌（祥伝社発行）二〇一二年六月号から一〇月号まで「若きハヤトの旅」として掲載された作品に、著者が刊行に際し、加筆、修正したものです。

――編集部

あとがき

正直、本書については、あまり言葉を費《ついや》したくはない。まず読んでいただきたい。

これまで作者が物して来た数多《あまた》のシリーズ――〈魔界都市ブルース〉をはじめとする超伝奇アクション、ホラー・アクション、時代ものｅｔｃ．――とは異なった感想を読者が抱いて下されば、ペンを走らせた甲斐《かい》があったというものだ。

しかし、担当者がそれでは不愛想《ぶあいそう》すぎると主張する。

読者は「あとがき」を期待しているのだ。期待を叶《かな》えるのも、作者の技ではないか、と。

私は正論と現金には逆《さか》らえない。

で、以下のごとく続けることにした。

本作の基本アイディアは、私と古株の読者にとっては珍しいものではない。

今は亡き朝日《あさひ》ソノラマの、今も存命中のシリーズの一冊で採用しているし、作者初のゲーム・ブックの素材もこれであった。

だが、正直、今回はスケールが異なる。

具体的な数字は次巻廻しにして、とにかく違う、とだけ申し上げておく（一方的）。

要するに、人間の認識力は非常に幅が狭い、ということである。現在の我々は、インターネットをはじめとする情報ネットワークにあって、世界の実像を知っている。だが、本作中の登場人物たちの世界とは、その五感で認識する他はないものだ。そして、彼らは
——

という次第だが、ここで皆さんは古典的なあるアイディアを想起せざるを得ないだろう。

そ。世界は誰かの夢に過ぎないというアイディアだ。

これはもう数え切れないくらいの作品に応用され、かのクトゥルー神話に到っては、邪神の中心的存在ともいうべき盲目白痴《もうもくはくち》の神アザトホースまで、

「世界はアザトホースが見る夢にすぎない」

などと、某国の研究者から勝手に決めつけられてしまっている。それほど魅力的なアイディアなのである。

本作の主人公たちは、自分たちの世界の真の姿に気づいた。

だが、その外は？

そして、私と読者の皆さんが、誰かの夢ではないと、誰が言えるだろう。

平成二四年一二月二六日
「シン・シティ」(05)を観ながら

菊地秀行

ノン・ノベル百字書評

キリトリ線

なぜ本書をお買いになりましたか（新聞、雑誌名を記入するか、あるいは○をつけてください）

- □（　　　　　　　　　　　　　　　　　　）の広告を見て
- □（　　　　　　　　　　　　　　　　　　）の書評を見て
- □ 知人のすすめで　　□ タイトルに惹かれて
- □ カバーがよかったから　　□ 内容が面白そうだから
- □ 好きな作家だから　　□ 好きな分野の本だから

いつもどんな本を好んで読まれますか（あてはまるものに○をつけてください）

●**小説**　推理　伝奇　アクション　官能　冒険　ユーモア　時代・歴史　恋愛　ホラー　その他（具体的に　　　　　　　　　　）

●**小説以外**　エッセイ　手記　実用書　評伝　ビジネス書　歴史読物　ルポ　その他（具体的に　　　　　　　　　　）

その他この本についてご意見がありましたらお書きください

最近、印象に残った本をお書きください			ノン・ノベルで読みたい作家をお書きください		
1カ月に何冊本を読みますか	冊	1カ月に本代をいくら使いますか	円	よく読む雑誌は何ですか	
住所					
氏名		職業		年齢	

あなたにお願い

この本をお読みになって、どんな感想をお持ちでしょうか。

この「百字書評」とアンケートを私までいただけたらありがたく存じます。個人名を識別できない形で処理したうえで、今後の企画の参考にさせていただくほか、作者に提供することがあります。

あなたの「百字書評」は新聞・雑誌などを通じて紹介させていただくことがあります。その場合はお礼として、特製図書カードを差しあげます。

前ページの原稿用紙（コピーしたものでも構いません）に書評をお書きのうえ、このページを切り取り、左記へお送りください。祥伝社ホームページからも書き込めます。

〒一〇一－八七〇一
東京都千代田区神田神保町三－三
祥伝社
NON NOVEL編集長　保坂智宏
☎〇三（三二六五）二〇八〇
http://www.shodensha.co.jp/bookreview/

NON NOVEL

「ノン・ノベル」創刊にあたって

「ノン・ブック」が生まれてから二年一カ月、ここに姉妹シリーズ「ノン・ノベル」を世に問います。

「ノン・ブック」は既成の価値に〝否定《ノン》〟を発し、人間の明日をささえる新しい喜びを模索するノンフィクションのシリーズです。

「ノン・ノベル」もまた、小説《フィクション》を通して、新しい価値を探っていきたい。小説の〝おもしろさ〟とは、世の動きにつれてつねに変化し、新しく発見されてゆくものだと思います。

わが「ノン・ノベル」は、この新しい〝おもしろさ〟発見の営みに全力を傾けます。

ぜひ、あなたのご感想、ご批判をお寄せください。

昭和四十八年一月十五日

NON・NOVEL編集部

NON・NOVEL —1004

魔海船《まかいせん》1　若《わか》きハヤトの旅《たび》

平成25年2月20日　初版第1刷発行

著　者　菊《きく》地《ち》秀《ひで》行《ゆき》
発行者　竹内和芳
発行所　祥《しょう》伝《でん》社《しゃ》
〒101-8701
東京都千代田区神田神保町 3-3
☎ 03(3265)2081(販売部)
☎ 03(3265)2080(編集部)
☎ 03(3265)3622(業務部)
印　刷　萩原印刷
製　本　関川製本

ISBN978-4-396-21004-5　C0293

長編ハイパー伝奇 呪禁官《じゅきんかん》〈二巻刊行中〉 牧野 修
長編新伝奇小説 ソウルドロップの幽体研究 上遠野《かどの》浩平
長編新伝奇小説 メモリアノイズの流転現象 上遠野浩平
長編新伝奇小説 メイズプリズンの迷宮回帰 上遠野浩平
長編新伝奇小説 トポロシャドゥの喪失証明 上遠野浩平
長編伝奇小説 クリプトマスクの擬死工作 上遠野浩平
長編伝奇小説 アウトギャップの無限試算 上遠野浩平
長編伝奇小説 コギトピノキオの遠隔思考 上遠野浩平

猫子爵冒険譚シリーズ 血文字GJ《ジー・ジェイ》〈二巻刊行中〉 赤城《あかぎ》毅《つよし》
長編新伝奇小説 魔大陸の鷹 完全版 赤城 毅
魔大陸の鷹シリーズ 熱沙奇巌城《ねっさきがんじょう》〈全三巻〉 赤城 毅
長編冒険スリラー オフィス・ファントム〈全三巻〉 赤城 毅
長編新伝奇小説 有翼騎士団 完全版 赤城 毅
長編時代伝奇小説 真田三妖伝《さなださんようでん》〈全三巻〉 朝松 健
長編エンターテインメント 麦酒《ビール》アンタッチャブル 山之口洋《やまのぐちよう》
長編本格推理 羊の秘《ひ》 霞《かすみ》 流一《りゅういち》

長編ミステリー 警官倶楽部 大倉崇裕
天才・龍之介がゆく！シリーズ〈十二巻刊行中〉 殺意は砂糖の右側に 柄刀《つかとう》 一《はじめ》
長編極道小説 女喰《ぐ》い〈十八巻刊行中〉 広山義慶
長編求道小説 破戒坊《はかいぼう》 広山義慶
長編求道小説 悶絶禅師《もんぜつぜんじ》 広山義慶
長編クライム・サスペンス 嵌《は》められた街 南 英男
長編クライム・サスペンス 理不尽《りふじん》 南 英男
長編ハード・ピカレスク 毒蜜 裏始末 南 英男

ハード・ピカレスク小説 毒蜜 柔肌《やわはだ》の罠 南 英男
エロティック・サスペンス たそがれ不倫探偵物語 小川竜生
情愛小説 大人の性徴期 神崎京介
長編超級《メガ》サスペンス ゼウス ZEUS 人類最悪の敵 大石英司
長編ハード・バイオレンス 跡目《あとめ》 伝説の男・九州極道戦争 大下英治
長編冒険ファンタジー 少女大陸 太陽の刃《やいば》、海の夢 柴田よしき
ホラー・アンソロジー 紅《あか》と蒼《あお》の恐怖 菊地秀行他
推理アンソロジー まほろ市の殺人 有栖川有栖他